KB134093

더 리얼 씽

문학 형식에 대한 성찰

더 리얼 씽

테리 이글턴 지음

이강선 옮김

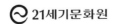 21세기문화원

일러두기

1. 이 책은 테리 이글턴Terry Eagleton의 *The Real Thing: Reflections on a Literary Form*(Yale University Press, 2024)을 번역한 것이다.
2. 맞춤법과 표기법은 국립국어원의 어문 규범에 따랐다. 다만 외국어 표기가 원음과 멀어진 경우에는 예외로 했다.
3. 저자의 주는 원서 그대로 책 끝에 미주로 정리하고, 옮긴이의 주는 독자들을 위해 본문의 괄호 안에 써넣었다.
4. 'Realism'이란 말은 '현실주의', '(사회주의) 리얼리즘' 등으로 옮겨야 더 적합한 경우도 있으나, 대부분 '사실주의'라고 옮겨서 형식을 통일했다.

버나드 샤라트Bernard Sharratt를 위하여

차 례

노 트

사실주의는 각각 다른 여러 가지 예술 형식에서 사용되는 용어이므로 이 책에서 나의 초점은 오직 문학에만 있음을 말해두고자 한다. 그러나 내가 말해야 하는 것 중 일부는 더 널리 적용되기를 바란다.

T.E.

II

사실 직시하기

Getting Real

1. 사실주의, 공감과 합리성

　일상적으로 사용할 때 사실주의는 왜곡이나 환상 없이, 있는 그대로 보는 것을 의미한다. 때때로 이 단어는 체념을 암시하기도 한다. 즉 상황을 있는 그대로 본다는 것은 당신이 할 수 있는 일이 그다지 많지 않음을 인정하는 것일 수도 있다. 그러므로 소위 상황에 관해 '철학적'이어야 한다는 것은 이 용어를 이상하게 사용하는 것으로, 사실상 철학을 스토아학파의 이념과 동일시하고 지혜는 피할 수 없는 것에 무릎을 꿇는 것으로 구성된다고 제시하는 것이다. 피할 수 없는 것은 보통 불쾌하므로, 아주 매력적인 태도라고는 할 수 없다. 사실적인 타입은 가정의 한계를 인지하고 세상에서 아주 많은 것을 기대하지 않는 맑은 눈을 지닌, 냉철한 여성과 남성들이다. 그들은 터무니없고 불합리한 요구를 하는 환상가와 이상주의자의 반대다. 사실주의자는 일반적으로 사실적이거나 경험적인 것에 몰두하지만, 여기서 주목해야 할 아이러니가 있다. 현재 우리가 경험주의라고 알고 있으며 몇 세기 동안 영국의 사상을 지배했던 철학은 실제 대상이 아니라 그것들에 대한 우리의 생각, 인상 또는 감각이다. 따라서 그 단어는 철학자들 사이에서 현재 흔히 볼 수 있는 단어인 사실주의가 전혀 아니다. 이 질문에 대해서는 나중에 좀 더 자세히 살펴볼 것이다.

19세기의 영국 소설가 조지 엘리엇George Eliot은 자신의 소설 《아담 비드*Adam Bede*》(1859)에서 잠시 이야기를 중단하고 독자에게 문학적 사실주의가 예시하는 것에 대해 몇 가지 성찰을 제공한다. 그녀는 대체로 상냥하고 호의적인 어조로 사실주의가 남성과 여성의 변화할 수 없는 무능력을 씁쓸하지만 받아들이는 것을 포함하고 있다고 말한다.

당신은 이 동료 인간들을 모두 있는 그대로 받아들여야 한다. 그의 코를 곧게 할 수도, 분별력을 밝혀 줄 수도, 성향을 바로잡을 수도 없는, 바로 이 사람들을 견디고 불쌍히 여기며 사랑해야 한다.

비사실주의는 특히 인간이 스스로 변화시키는 힘을 가진 존재라고 제안하면서 주제(인간)를 이상화하지만, 사실주의는 있는 그대로 말하면서 이 능력에 의문을 제기한다. 이 견해에는 정치적 암시가 담겨 있다. 엘리엇은 삶이 더 나아질 수도 있다는 기대라곤 하나도 없이 관습적인 방식을 좇는 평민의 담담한 지혜를 존경한다. 그렇지만 《아담 비드》가 나오기 약 1세기 전, 수많은 영국의 평민들이 철저한 정치 개혁을 너무나 호전적으로 요구했기 때문에 귀족들은 끊임없이 혁명에 대한 두려움으로 떨었다. 아마도 엘리엇 자신의 작품이 이 평민을 이상화했을 수 있다.

이러한 시각에서 사실주의는 탈영웅주의의 형태를 띤다. 엘리엇의 최고 소설인 《미들마치*Middlemarch*》(1871~1872)는 말 없는 환멸의 메모로 끝맺는다. 철도와 면직 공장의 시대에는 안티고네스나 성 테레사가 있을 수 없다. 그럼에도 불구하고 평범한 여성과 남성의 '비역사적' 행위는 인간 조건을 개선하는 데 중요한 역할을 한다. 인류는 결함이 있고 불완전하다. 그러나 사실주의 예술은 인류가 지닌 그 대단한 사랑스럽지 않은 모습을 묘사함으로써 결점을 눈에 띄지 않게 하기보다는 받아들이도록 설득할 수 있다. 엘리엇이라는 작가의 손에서 사실주의는 동정심과 관용을 키운다. 그러나 우리는 제인 오스틴Jane Austin의 아주 다른 사고방식을 염두에

두어야 한다. 그녀는 소설 《설득Persuasion》(1817)에서 어느 평판이 안 좋은 사람의 죽음이, 오랫동안 참아 온 그의 부모에게는 뜻밖의 행운이었다고 신랄하게 비꼬았던 것이다.

문학적 사실주의가 인간의 공감을 키울 수 있는 주된 방법은 두 가지다. 작품 속 등장인물들의 내면을 그려 냄으로써 어떻게 '살아가는지' 보여 줄 수 있고, 그렇게 함으로써 행동과 태도를 이해하도록 만든다. 아니면 초점을 확대해 등장인물의 행동만을 다루기를 거부하고 그들이 왜 그렇게 행동하는지에 대해 조명함으로써 삶을 영위하는 맥락을 포함한다. 두 경우 모두, 독자가 개인과 상황에 대해 순전히 외부적인 판단을 내리지 않도록 한다. 사실주의 소설은 이 두 가지 관점을 결합하는 데 있어 서사적 허구와 서정적 허구, 둘 모두보다 뛰어나다. 서사적 허구는 우리에게 행동의 맥락을 제시하지만, 인간의 복잡한 마음에 접근하도록 해 주지는 않는다. 반면 서정적 허구는 사회 환경에 크게 구애받지 않고 감정을 표현한다. 그러니 희망하건대, 만일 우리가 사람들이 어떻게 실제를 경험하는지 재창조할 수 있다면, 동시에 보다 넓은 관점으로 그들의 행동을 바라본다면, 우리는 그들의 약함이나 혹은 범죄마저도 견딜 수 있을 것이다. 사실은 감정을 고려하면 신선하게 평가될 수 있고, 감정은 사실의 시각에서 조정될 수 있다. 이와 같은 것이 바로 아리스토텔레스가 법에 대한 설명에서 의미했던 '형평equity'이다. 그는 '형평'이란 "인간 본성의 나약함에 자비를 베풀어, (법조인이) 말한 것을 그가 의미하는 것보다 덜 생각하게 하는 것으로, 피고인의 행동을 그의 의도만큼 고려하지 말고, 이것저것을 전체 이야기만큼 고려하지 않는 것"이라고 주장한다.[1]

만일 사실주의가 주관적인 내면의 드라마에 접근하도록 허용한다면, 더 객관적인 방법으로 등장인물들과 사건들에 대해 보고할 수도 있다. 사실주의는 한 개인의 관점에서 세상을 밝힐 수도 있고, 카메라를 뒤로 빼서 인간 풍경을 더 파노라마적으로 바라볼 수도 있다. 이러한 방식으로 사실주의는 감정과 사실, 주관성과 사회제도 모두를 포함할 수 있다. 또한 상충되는 주장들을 비교하고 대안적인 관점들의 균형을 맞출 수 있으니, 어떤 지나친 도덕적인 판단이라 해도 할 자격이 있다. 로렌스D.H. Lawrence는 《채털리 부인의 연인*Lady Chatterley's Lover*》(1929)에서 소설이란 인간 공감의 흐름과 반동을 관리하고, 흐름과 반동이 죽은 곳으로 인도하는 것이라고 말한다. 이 모든 방식에서 사실주의 소설은 단순히 도덕을 포함하는 것이 아니다. 조지 엘리엇과 헨리 제임스에서부터 로렌스와 아이리스 머독에 이르는 일련의 작가들에게 사실주의 소설은 도덕의 최고의 본보기이다. 소설은 점점 더 신이 없어져 가는 이 시대의 성경이다.

사람에 대한 이해가 깊어지면 관용도 깊어진다는 선의의 교리는 다소 의심스럽다. 이 교리는 맥락을 고려하면 행동이나 개인이 처음 상상했던 것보다 훨씬 더 혐오스럽게 보일 수도 있다는 사실을 간과한다. 맥락을 고려한다고 해서 항상 그 일을 더 많이 수용할 수 있게 되거나 더 많이 알 수 있게 되는 것은 아니다. 모욕적인 발언으로 기소된 사람들은 종종 자신들이 한 말이 맥락에 맞지 않는다고 주장하지만, 어떤 맥락이 '죽어 버려! 이 비열한 당나귀 똥 같은 녀석' 같은 말을 정당화할 수 있을까? 이 발언을 인용하거나 농담을 하거나 영어를 연습하거나 무대에서 연설하거나 두운의 문학적 장치를 설명하지 않는 한, 맥락에 호소한다고 해서 문제에서 벗어날 가능성은 거의 없다. 만약 미친 총잡이로부터 당신을 보호해 주는 누군가에게 이런 발언을 했다면 맥락은 범죄를 완화하기보다는 오히려 악화시킬 것이다. 또한, 인간 행동에는 다양한 맥락이 존재하며, 가장 관련 있는 것이 어떤 것인지에 대한 결정은 명확하지 않다. 마찬가지로, 다른 사람들과 공감하더라도 오히려 그들에 대한 혐오가 깊어질 수 있다. 연쇄 살인자의 마음속으로 들어간다면, 심지어 상습적인 거짓말쟁이라 해도, 상상했던 것보다 그가 더 혐오스럽게 보일 수 있다. 공감은 윤리를 구축할 기초가 되지 않는다. 누군가의 처지에 공감한다고 해서 그들을 도우려고 하는 것이 아닐 수 있다. 실제로, 만약 당신의 자아가 그들의 자아 속으로 사라졌다면, 당신에게는 공감할 아무것도 남아 있지 않는다. 윤리는 사회적인 실천 문제이지 감정의 문제가 아니다. 게다가, 상상력을 통한 공감 행위로 '누군가'가 되면 그들을 판단하는 데 필요한 거리가 사라지는 반면, 많은 사실주의 소설은 단순히 현실을 재현하는 것이 아니라 현실을 비판하는 것이다.

현실주의·체념·합리성은 밀접하게 연관되어 있는 것처럼 보인다. 그러나 이 단어들의 동맹은 확실히 의심스럽다. 수많은 상황에서 엄청난 결과를 기대하는 것이 현실적이긴 하다. 비평가이자 소설가인 모리스 블랑쇼Maurice Blanchot가 생각해 낸 1968년 파리 학생 봉기의 슬로건 중 하나는 '현실적이 되라: 불가능한 것을 요구하라!'[2]였다. 모든 증오와 적대감을 없앨 수 있다고 기대하는 것은 비현실적이지만(비합리적이진 않다), 북아일랜드의 군사적 갈등을 종식시키는 것은 언제나 실현 가능한 전망이었다. 어떤 사람에게 합리적으로 되라고 말하는 것은 일반적으로 '진정해!', '물러서!', '온건하게!'라고 권고하는 것을 의미한다. 그러나 옥스퍼드 영어 사전이 '온건한moderate'을 '합리적인reasonable'의 동의어로 제공하고 있기는 하지만, 18세기에 '이성'이 계몽주의 급진 세력에게 온건함을 제안했을 것 같지는 않다. 그들에게 이성적이거나 합리적이라는 것은 군주를 참수하고 귀족을 폐지하는 것을 의미했을 수도 있다. 이성은 타협을 요구하는 것일 뿐만 아니라 혁명적인 힘이 될 수도 있다. 사물을 있는 그대로 보는 것은 사물이 어떻게 다를 수 있는지를 보는 것을 포함한다. 현상 유지가 극단적일 수도 있고 이를 전복하려는 요구가 완전히 합리적일 수도 있다. 혐오스럽고 견딜 수 없는 것은 노예 무역이었지, 그것을 끝내려는 개혁가들의 시도가 아니었다.

'합리적'과 '현실적'은 때로는 동의어일 수 있다. 금세기 언젠가 맨체스터에 비가 올 것이라고 예상하는 것은 합리적이고 현실적이다. 그러나 '합리적'의 의미에 따라 둘 사이에는 차이가 있을 수도 있다. 성 불평등을 철폐하는 것은 도덕적으로 설득력이 있다는 의미에서 합리적인 목표다. 그러나 현재 전세계적으로 그 일이 비현실적인 곳이 많은데, 성 불평등 철폐가 빠르고 쉽게 일어날 것이라고 기대하지 않는다는 점에서 그렇다. 미국 배우 찰리 쉰Charlie Sheen을 베네딕토회 수도원의 수도원장으로 임명하는 것은 합리적이지만, 수고양이나 다이어트 콜라 캔을 임명하는 것은 그렇지 않다. 쉰이 남성이고, 수도원장이라는 직업에 대한 충분한 지식과 지성을 갖추고 있으며, 대안을 천천히 구체화하면 배우의 화려한 생활 방식을 버릴 수 있고, 그가 설명은 불가능하지만 복귀할 수도 있는 아일랜드 가톨릭 배경을 갖고 있다는 것은 확고한 사실이다. 그러나 그 전망은 현실적이지 않다. 다음 주에 그 일이 일어나리라고는 볼 수 없다. 즉 현실주의(=사실주의)는 실제적인 것뿐만 아니라 가능성 있는 것도 다루며, 수도원장인 찰리 쉰은 두 범주 모두에 속하지 않는다.

사람·사건·상황을 사실적이라고 말할 수는 없다. '사실적'이라는 것이 삶에 충실하다는 뜻이라면, 교통사고가 삶에 충실하다는 말은 의미가 없다. 사물을 표현하는 것(사진 촬영, 신문 보도 등)은 사실적일 수 있지만 사물 자체는 그렇지 않다. 틀니만이 실물과 같을 수 있다. 초상화를 사실적이라고 칭찬하는 것은 그것이 실제가 아니라는 것을 암시하는 것이다. 그러므로 사실은 사실과 사실이 보여 주는 것 사이의 동일성과 비동일성을 모두 주장하는 것이다. 이런 의미에서 사실주의는 일종의 아이러니를 수반한다. 묘사의 충실도에 깊은 인상을 받으려면 묘사되고 있는 것이 무엇인지 기억해야 한다. 그러면 우리가 감동받는 것은 단지 이미지일 뿐이라는 점을 상기시켜 준다.

문학적 사실주의에 관해 이야기할 때, 일반적으로 우리가 믿을 만하고 실물과 같은 어떤 묘사 스타일을 말하는 것이다. 18세기 영국 작가 클라라 리브Clara Reeve는 소설의 가장 큰 임무는 "모든 장면을 아주 쉽고 자연스럽게 표현하고, 그 장면이 그럴듯하게 나타나서 이야기 속 인물들의 기쁨이나 고통이 마치 우리 자신의 것처럼 느껴질 때까지 모든 것이 실제라고 느끼도록 우리를 속여 설득하는 것(적어도 우리가 읽고 있는 동안)"이라고 말한다.[3] 이러한 관점에서 사실주의는 이미 살펴본 것처럼 비판을 피할 수 없는 개념인 공감에 의해 작동한다. 다른 사람의 고통을 느끼기 위해 그 사람의 고통을 느낄 필요는 없는 것이다.

그러나 형태와 선택성의 문제인 예술이 어떻게 삶에 충실하면서도 동시에 예술이 될 수 있는가? 19세기 프랑스 작가인 마르셀 프루스트Marcel Proust는 예술을 '삶의 충실한 재구성'이라고 묘사한다. 그러나 어떻게 보이는 대로 충실하면서 한편으로 사물을 재구성할 수 있을까? 혹은 어떻게 그것들을 재구성함으로써 진실을 더 완전하게 환기할 수 있을까? 어찌 되었거나 모든 것을 표현할 수는 없다. 양성자는 실제 존재하지만, 그 개요를 단숨에 휘갈겨 쓸 수는 없다. 척추의 따끔거림은 그림보다 글에서 더 쉽게 표현된다. 기독교인에게 부활은 실제 사건이었지만, 아무리 유명한 신학자라 해도 휴대폰을 들고 예수의 무덤 주변에 숨어 있었다면 부활의 사진을 찍을 수 있었다고 주장하지 않을 것이다. 아우스터리츠 전투(1805년 나폴레옹의 프랑스군이 오스트리아와 러시아 동맹군과 치른 전투)는 실제로 일어났던 사건이지만, 이 전투에서 격돌

하는 검들과 고통스러운 비명까지 표현할 방법은 없다. 그러한 모든 사실주의는 사실주의가 묘사하는 것을 편집한 버전이다.

더구나 현실은 캄보디아를 불법적으로 폭격한 정치인(헨리키신저)에게 노벨 평화상을 수여한다거나, 수십 년 동안 뼛속까지 부패한 남자들이 세계 축구를 다스려 왔다는 사실과 같은 초현실적이고 기괴한 사건들로 가득 차 있다. 그러한 스캔들에 대한 문학적 설명은 헛된 환상이나 노골적인 선정주의로 일축될 수도 있다. 현실이 때때로 우리가 합리적으로 기대하는 것보다 부족한 것도 사실이다. 고대의 일부 저자들이 기록한 것처럼 알렉산더 대왕이 키가 그렇게 터무니없이 작지 않았더라면 그가 쌓아 올린 업적과 위엄에 더 적절했을 것이다. 그러나 역사는 경솔하고 부주의할 수 있으며, 자료를 가장 적합한 방식으로 정리하지 못한다. 때때로 역사에는 요령과 예술적인 장인 정신 그리고 균형 감각이 많이 부족하므로 이러한 결점들을 보완하려면 예술이 필요하다. 만일 역사적 사건들의 진정한 의미가 드러나면, 사실들과 허구의 발효물을 혼합해야 한다. 플로렌스 나이팅게일Flaorence Nitingale은 20세기까지 살았지만, 만일 그녀가 19세기 빅토리아 시대에 영국의 부상당한 군인들을 돌보다가 열병으로 사망했다면, 더 적절했을 것이다. 이런 일들은 미국 소설가 캐롤 셜

즈Carol Shields가 《래리의 파티 *Larry's Party*》에서 쓴 것과 같다. 즉 "래리에게 역사는 대부분 무의미한 이상한 세부 사항들을 남긴 것처럼 보였는데, 말하자면 이상하고 어리석은 도구들, 목적과 분리되어 버린 도구들, 변덕스러운 생각들, 호기심 어린 전환들, 그리고 놀라운 수의 막다른 길들이었다."

누가 또는 무엇이 사실주의의 매개 변수를 정하는가? 누가 실현 가능한 것, 불가능한 것, 그리고 상상할 수 없는 것 사이에 선을 긋게 되는가? 포스트모던 세계에서 심히 유행에 뒤떨어진 이 질문에 대한 답을 하나 든다면, 다음과 같다. 즉 우리의 신체적 체질과 물질적 환경이 배제하는 가능성이 많이 있다. 예를 들어, 어떤 인간도 영원히 살 것 같지는 않다—다행스럽게도 한계가 하나 있는데, 불멸이 거의 확실히 지옥의 한 형태일 것이라는 것이다. 동시에, 사실적인 것으로 간주되는 것은 부분적으로 문화적이고 역사적인 일이다. 요즘에 80세까지 사는 것은 사실적인 기대지만 셰익스피어 시대에는 그렇지 않았기 때문이다. 어떤 사회들은 성취할 수 있는 것에 대해 다른 사회들보다 더 넓은 견해를 갖고 있다. 예를 들면 미국인들은 가능성을 무한한 것으로 간주하고 부정적인 것을 마치 사고의 범죄인 것처럼 취급한다. 그들은 자신이 단지 사람의 손에 있는 점토에 지나지 않는다고 여기고, 수동적이고 유연하게 제국주의적인 의지의 강요를 기다리고 있는 것이다. 지구상의 다른 어느 곳에서도 이 강박적으로 낙관적인 나라만큼 "나는 내가 원하는 것은 무엇이든 될 수 있다!"라는 신나는 외침을 들을 수 있는 곳은 없다. 이 나라에서는 강경한 실용주의와 낭만주의적 이상주의가 묘하게 조화를 이루고 있다. 대조적으로, 패배주의적인 영국에서는 엄청난 양의 일에 놀란 사람들이 햄스터에게 먹이를 주라는 사소한 일거리를 알리는 알람에도 절망한다.

물론 당신이 원하는 것은 무엇이든 된다는 유아적인 환상은 말 그대로 받아들여질 수 없다. 당신은 얼룩 다람쥐가 될 수 없고, 한 동이의 겨자나 13세기 몽골의 성 판매업자가 될 수 없다. 주디 덴치Judy Dench(영국 여배우)가 될 수 있는 사람은 주디 덴치뿐이다. 그러나 보다 넓은 의미로 보아도 이 환상은 진실이 될 수 없다. 음치는 세계적인 작곡가가 되지 못하고, 전투적인 트로츠키주의자는 세계은행의 총재가 되지 못하며, 병적으로 거짓말이나 허세를 부릴 능력이 없는 불행한 사람들은 정치인이 되지 못한다. 욕망은 무한할지 모르지만, 성취는 그렇지 않다. 셰익스피어의 《트로일러스와 크레시다Troilus and Cressida》에서 트로일러스는 크레시다에게 "그대여, 이것은 사랑에 있어서의 신성함이요, 의지는 무한하지만 실천은 제한되어 있소; 욕망은 경계가 없지만, 행위는 제한이 있는 노예라오"(3막 2절)라고 말한다. 모든 것이 가능하다는 주장은 보통 제한을 본래 부정적으로 여기는 것으로, 이는 고대 그리스인들을 떨게 하고 하늘을 공포스럽게 바라보게 만드는 시각이다. 그들은 그렇게 부풀려진 자기 믿음이 재앙적인 결과를 가져올 것을 알고 있었고, 우리 시대에도 여전히 그러할 것이다.

2. 사실과 해석

    사실주의는 사물을 있는 그대로의 모습으로 보고자 추구하는 것으로, 사실주의의 대표적인 예시는 우리가 죽는다는 것을 인정하는 것이다. 그러나 사물을 있는 그대로 보는 것은 듣기보다 더 고된 일이다. 프리드리히 니체Friedrich Nietzsche와 포스트모던의 후계자들에게 사물이 어떻게 되어 있는지를 아는 특별한 방법이 없기 때문이다. 사실은 우리의 입장과 그것을 해석하는 이해의 틀에 따라 우리에게 수많은 다른 외피를 입고 나타난다. 실제로 우리가 사실이라고 부르는 것은 니체가 단순히 해석이라고 부르는 것이다(이것은 사실의 진술처럼 보이기 때문에 그 자체가 하나의 해석임에 틀림없으며, 니체는 기꺼이 이 점을 인정한다.). 이 사유 형태는 세상을 해체하는 것처럼 보이기 때문에 포스트모던 철학자 지안니 바티모Gianni Vattimo는 이것을 '허무주의nihilism'라고 부르지만, 그 자신은 허무주의를 즐겁게 받아들인다.[4]

대부분의 사람들은 진술의 타당성을 사실과 비교하여 판단할 수 있다고 생각한다. 그러나 사실 그 자체가 해석이라면 우리가 하는 일은 일련의 해석을 다른 해석과 비교하는 것에 지나지 않은 것처럼 보인다. 루트비히 비트겐슈타인Ludwig Wittgenstein의 비유를 두어 가지 빌리면, 처음 산 신문에서 읽은 내용이 사실인지 확인하기 위해 두 번째로 신문을 사거나 한 손에서 다른 손으로 돈을 전달하거나 금융 거래를 했다고 생각하는 것과 같다.

과학자들은 지역 슈퍼마켓의 거의 모든 사람과 마찬가지로 우리가 말하는 것이 사실인지의 여부를 결정하기 위해 세계 자체에 호소하는 경향이 있다. '풀밭은 푸르다'는 것이 사실인지 확인하려면 실제로 일부 풀밭을 살펴보라. 그러나 니체주의자에게는 풀밭 조각을 볼 때 보는 일 자체가 하나의 해석이고 그 풀밭 조각에 실린 해석이다. 우리의 인식은 편견·습관·관심·욕망·가정·관습 등에 의해 영향을 받는다. 세상이라는 것에 호소하는 것은 무의미하다. 세상은 당신 자신의 편파적인 버전으로 귀결되기 때문이다. 세상 그 자체는 말이 없다. 어떻게 표현되어야 하는지에 대한 의견이 없으며, 어떻게 해야 가장 설명하는지에 대한 우리 논쟁에 개입하지 않는다. 도덕적 사상가들은 전통적으로 가치와 믿음은 사물이 어떠한지에 대한 지식에 기반해야 한다고 주장해 왔다. 그러나 '사물이 어떠한지'가 환상이라면 우리는 단순히 이러한 것들을 선택해야 할 수도 있다. 그리고 이 선택은 후기 자본주의의 '옵션' 숭배와 잘 들어맞을 것이다. 그러나 현실 자체가 의미나 가치가 없다면 모든 선택은 임의적으로 보일 것이다.

선택한 것들 또한 모두 동일하게 무의미하다. 사비나 러비본드Sabina Lovibond(워체스터 대학의 철학 교수)는 "만약 가치가 욕망으로 구성된다면, 어느 하나를 원해야 하는 객관적으로 타당한 이유가 있을 수 없다. 그렇다면 무엇을 선택하든지 간에 무슨 차이가 있겠는가?"라고 묻는다.[5]

가치 있는 유일한 것은 우리가 선택한 것이 아니라 선택 행위 그 자체라는 결론이 나올 수 있다. 중요한 것은 내가 무엇을 선택하느냐가 아니라 그것을 선택하는 사람이 바로 나라는 사실이다. 이는 실존주의와 청소년기의 공통된 관점이다. 찰스 테일러Charles Taylor(캐나다 맥길대학의 철학자)가 쓴 것처럼 "(이 관점에서) 모든 옵션은 자유롭게 선택되고 가치를 부여하는 선택이기 때문에 동등하게 가치가 있다."[6] 매음

굴 주인이 되는 것이 가장 고결한 삶의 형태는 아닐지 모르지만, 적어도 그것을 선택한 사람은 그 자신이다. 그러나 삶의 중심을 이루는 대부분의 것들, 핵전쟁의 발생 여부, 부모가 우리를 대한 방법, 유전적 구성, 사랑에 빠지는 대상, 피부색, 질병과 죽음에 대한 취약성 여부, 사이코패스인지의 여부, 쉽게 속는 사람인지의 여부 등등을 선택한다는 것은 사실이 아니다.

포스트모더니즘은 사실을 경계하며, 때로는 이를 '실증주의적'이라고 일축하기도 한다. (사실 이 표현은 포스트모더니즘 철학에 대한 조잡한 캐리커처다.) 사실은 너무 고정적이고 확정적으로 들리는 반면, 포스트모던 사상은 유동적이고 임시적인 것을 좋아한다. 또한 다소 지루하게 들린다. 그러다 보면 '동물은 아픈 걸 싫어한다', '중국에는 동성애자가 있다'는 말을 꺼내기 전에 머뭇거릴 수도 있다. (1980년대에 내가 중국을 처음 방문했을 때 중국인 가이드는 후자, 즉 중국 관련 표현을 격렬하게 거부했다.) 그러나 이것은 사실이다. 영화 〈스타워즈〉의 악당 다스 베이더Darth Vader가 브리스톨 출신이라는 사실과 마찬가지다. 데이비드 프라우스David Prowse라는 브리스톨 출신의 엄청나게 키 큰 배우가 다스 베이더 역할을 연기했는데, 그의 서부 지방 액센트는 최종 컷에서 다른 액센트로 대체되었다.

하지만 이것이 '무차별적인' 사실인가? 이것이 증거와 논쟁에 면역된다는 뜻이거나, 오류가 없는 방법으로 확립되었거나, 결코 반증될 수 없다는 의미는 아니다. 그러나 '무차별적' 사실이 없다는 것은 사실이다. 즉 사실이 전혀 없다는 의미가 아니며, 세상이 음모에 의해 운영되지 않는다는 사실이 음모가 없다는 의미는 아님을 말하는 것이다.

여기에는 착각이 존재한다. 세상에 대한 설명이 진실이 되려면 철저하고 공정하며 가치에서 자유로워야 하고, 모든 세부 사항이 정확해야 하며, 문제의 주제에 대해 유일하게 유효한 설명이어야 하며, 모든 수정이나 반박이 영구적으로 금지되어야 한다는 것이다. 이에 관한 유일한 문제는 그러한 설명이 존재하지 않는다는 것이다. 그러나 이것이 진실이 의미하는 바라고 가정한다면, 전체 개념이 실행 불가능하다고 거부하게 될 수도 있다. 이런 의미에서 일부 허무주의자는 단순히 환멸을 느낀 절대주의자일 뿐이다. 그들은 진실이 빛나는 고딕 문자로 하늘에서 타오르지 않는다면 진실은 없다고 가정한다. 설령 있다고 해도 회의론자가 주장하는 것처럼 우리는 진실에 접근할 수 없다.

세상이 단순히 일련의 해석들로 구성되어 있다고 하더라도, 어떤 해석이나 그렇게 할 수 있는 것은 아니다. 제인 오스틴의 소설을 영국 젠트리 계급을 폭력적으로 전복하고자 촉구하는 반란의 소책자로 읽을 수도 있지만, 그것을 시도하려면 상당한 부담감을 느낄 가능성이 높다. 작품 자체가 이프로젝트에 대해 어느 정도 저항을 하는 것을 느낄 수 있을 것이며, 니체주의자들은 이러한 저항이 어디에서 오는 것인지(아마도 다른 사람들의 해석에서) 설명하기가 어렵다는 것을 알게 될 것이다. 우리의 주장이 세상의 불편한 무게에 직면하여 거부되거나 수정되어야 할 때가 있다. 현실은 무엇보다도 그것을 만들고자 하는 우리의 계획에 저항한다. 인체가 단지 움츠리고 부풀리고 휘갈겨 쓸 수 있는 물건이 아닌 것과 마찬가지로, 현실은 강력한 우리 손에 있는 단순한 점토가 아니다. 미국 철학자 퍼스C.S. Peirce는 현실이란 마음의 창조물이 아닌 다른 무언가로서 그 자신의 방식을 인식하도록 강제하는 것으로 묘사한다.[7] 여기에는 강압적인 요소가 있다.

사실을 부정하는 것은 우리 시대에 쇠퇴하고 있는 것이 단지 실제로 존재하는 이런저런 것들(예를 들어 크리놀린과 양갈빗살 등)이 아니라 다름 아닌 실재 그 자체라는 것을 의미한다. 우리 문명은 매우 튼튼하고 견고하다고 생각되었다. 그럼에도 불구하고, 사실의 일부 버전은 다른 버전보다 더 그럴듯하며, 오직 지식인만이 이를 부정할 만큼 비뚤어진 것임이 분명하다. 미국의 분석철학자인 리처드 로티Richard Rorty는

"'상대주의'는 특정 주제 혹은 어떤 주제에 대한 모든 믿음이 다른 어떤 것보다도 좋다는 시각이다. 이런 견해를 갖고 있는 사람은 아무도 없다."고 썼다.[8] 국가國歌를 흥얼거리는 것이 수술만큼 암 치료에 효과적이라고 믿는 사람은 아무도 없다. 이것은 단지 충분히 밖에 나가지 않는 사람들의 환상일 뿐이다. 어쨌든 누군가가 어떤 관점이 다른 관점만큼 좋다고 주장한다면, 그들은 또한 그 반대의 주장을 펼칠 것이다. 왜냐하면 각 관점은 다른 관점만큼 타당할 것이기 때문이다. 이런 종류의 상대주의는 정신 측면에서 포괄주의의 한 형태이다. 누구의 의견도 배제되어서는 안 된다. 우리는 가난한 사람들을 도와 달라고 요구하는 사람들이 배제된다고 느끼기를 원하지 않는다. 그들을 배제하면 그들을 소외시키게 된다. 이는 대다수의 사람들이 공유하는 견해가 아니라 '엘리트주의' 증상을 계속 경계하는 상대주의자들이 걱정해야 하는 사실이다. 상식적인 모든 견해가 승인되는 것은 아니다. 그러나 아주 오랜 세월 동안 수많은 평범한 사람들이 갖고 있던 믿음, 즉 세상과의 일상적인 거래에서 비롯된 믿음을 일축하는 것을 조심해야 한다. 엘리트주의자로서 가치 판단을 거부하는 사람들은 이것이 록 그룹이나 축구팀의 성과에 대한 사람들 대부분의 태도가 아니라는 점에 유의해야 한다.

모든 지식이 맥락에 묶여 있고 역사적으로 특정적이라는 점에서 포스트모더니스트들은 옳다. 모든 관찰은 특정한 관점 내에서 이루어지며, 특정한 전통적인 보는 방식에 따라 형성된다. 그러나 이 일은 사물을 있는 그대로 보는 것이 사물을 아무 데서나 보는 것을 포함한다고 가정하는 경우에만 진리 개념에 도전한다. 페미니즘이나 의학이 마술이나 과학보다 더 진실되지 않다는 뜻은 아니다. 과학자들이 하나의 가설을 더 생산적인 가설로 교환할 때 하는 것처럼, 현실의 다양한 버전을 비교하여 어느 것이 더 설명적인지 결정할 수 있다. 에밀리 브론테의 《폭풍의 언덕》(1847)에 나오는 히스클리프가 캐더린에게 부여한 애완동물 이름이 '폭풍의 언덕'이라고 가정한 '폭풍의 언덕'에 대한 비판적 설명은 그렇지 않은 설명만큼 잘 이해가 되지는 않을 것이다. 세상이 어떤지에 대한 보고서는 논리, 증거, 일관된 주장, 합리적인 기준, 테스트 가능한 가설 등의 특정 절차를 따라야 한다. 이는 적어도 현재로서는 특정 명제를 지배하고 다른 명제를 배제할 가능성이 높다. 미래에 루브르 박물관이 파리가 아닌 쿠알라룸푸르에 있었다거나, 존 밀턴이 동정심을 얻기 위해 맹인인 척했을 뿐이라는 증거가 나타날 수도 있다.

이 말은 증거와 논증이 당신을 올바른 결론에 이르게 할 것이라고 암시하는 것이 아니다. 그런 암시와는 거리가 아주 멀다. 과학의 역사는 발견의 역사만큼이나 오류의 역사이기도 하다. 우선, 특정 맥락에서 논리적·합리적 또는 강력한 증거로 간주되는 것이 무엇인지에 대해 의견이 일치하지 않을 수 있으며, 이 경우 이에 대해 논의해야 한다. 때로 우리는 합의에 도달할 수도 있고 때로는 그렇지 않을 수도 있다. 올바른 결론을 내리기 위해 과학자들은 문제의 진실을 확증하지 못한 채 특정 질문을 놓고 수 세기 동안 논쟁을 벌일 수도 있다. 나중에 살펴보게 될 사실주의자와 반사실주의자 사이의 논쟁은 결코 해결되지 않을 수도 있다. 당신이 추구하는 것이 진실이라면 논리·증거·실험에 따른 절차는 일반적으로 성경을 무작위로 펼치거나 아쉬운 마음으로 찻잔을 들여다보는 것보다 더 신뢰할 수 있다. 너무나 명백한 것을 진술해야 한다는 것은 그 시대를 가리키는 신호이다. 포스트모던 사상과 사실·진실·과학·합리성에 대한 우파의 경멸 사이에 공모가 있다는 것도 분명해졌다.

《이성과 감성 Sense and Sensibility》(제인 오스틴의 첫 소설)을 논의할 때 이 중 어느 것도 세계를 뒤흔들 정도로 중요하지 않다고 해도, 특정 약물이 태아 기형을 유발할 수 있는지의 여부를 판단하는 데는 매우 중요하다. 전자의 경우에 합리성에 회의적인 사람들은 후자의 경우, 합리성을 버리려고 하지 않을 수도 있다. 어느 쪽 다리를 절단해야 할지 결정할 때 진실이나 이성에 회의적인 사람은 많지 않다. 마찬가지로, 무관심이 항상 가짜라고 의심하는 반유대주의 운동가들은 卐자(나치) 완장을 차고 있는 판사가 자신들의 사건을 다루지 않기를 여전히 선호할 수도 있다.

포스트모더니스트에게 진실이란 세상을 어떻게 조직해 우리의 필요를 충족시키고 이익을 증진하느냐의 문제다. 세상은 발견된 것이 아니라 제조된 것이다. 우리가 방금 언급한 것처럼 이 관점에서는 그러한 것이 없기 때문에 사물이 그 자체로 어떻게 존재하는지에 대한 근거가 없다. 우리는 하나의 종으로서 우리 자신에게 필요하거나 편리한 방식, 즉 주변 환경을 마스터하고 그 안에서 번영하는 데 도움이 되는 방식으로 세상을 대표한다. 달팽이도 의심할 바 없이 똑같은 일을 한다. 그러나 달팽이의 신체는 우리와 너무 다르기 때문에 세계도 달라야 한다. 달팽이에게 사실인 것이 우리에게도 사실일 가능성은 낮으며, 그 반대도 마찬가지이다. 따라서 진실은 우리의 실제 프로젝트와 관련이 있다. 이 주장 자체가 상대적인지 여부는 결정하기 쉽지 않다. 철학자 힐러리 퍼트넘Hilary Putnam은 "상대주의는 나에게 진실이 아니다"라고 조롱하듯 항의함으로써 상대주의적 관점을 내세웠다.[9]

더욱 화려한 포스트모던 사상의 전파 활동에서는 진실이 개인과 관련된 것으로 간주되기도 한다. 이 사례가 우리와 같이 개인주의가 만연하고 사회적 감각이 점차 위축된 사회에서 번성한다는 것은 놀라운 일이 아니다. 내게는 외몽골이 스트랫포드 폰 에이번(셰익스피어의 생가가 있는 곳)의 교외라는 것은 사실이지만, 여러분과 외몽골 사람들에게는 그것이 거짓일 수도 있다. 둘 중 하나를 '옳음'으로 표시하고 다른 하나를 '틀림'으로 표시하는 것은 독단적이고 계급적이므로 두 주장 모두 존중되어야 한다. 다른 사람의 관점을 거짓이라고 부르는 것은 그들에 대해 불쾌할 정도로 엘리트주의적인 태도를 취하는 것이다. 그것은 또한 우리 자신의 판단에 절대적인 권위를 보장하지 않는 태도를 취하는 것처럼 보일 수도 있다. 따라서 역사 전반에 걸쳐 여성이 아주 심히 옳지 않게 대우받았다고 주장하는 것은 모욕적이다. 이는 이러한 의견을 공유하지 않는 사람들을 차별하는 것일 뿐만 아니라, 우리가 이 사실을 합리적인 확실성으로 알 수 있음을 암시하기 때문이다. 확실성은 닫힌 마음을 드러내는 트레이드마크이다. 대신, 진실로 자유 시장 같은 것이 있어야 한다. 아마도 진실은 마이크로소프트사가 그 당시 수많은 경쟁 기업을 집어삼켰기보다는 단순히 시간이 지나면서 다른 회사들과의 경쟁에서 승리했다는 버전일 것이다.

　게다가 일반적으로 다양성은 그 자체로 바람직하다고 여겨지므로 무고한 사람을 고문하는 것은 나쁘다는 음울하고 획일적인 정신을 고수하는 대신, 반대 정신을 갖고 현명하고 단조로운 삶에 약간의 다양성을 추가하는 사람들이 있어도 되지 않을까? 양쪽 모두 각자의 사유 재산에 대한 권리가 있는 것과 마찬가지로 각자의 신념에 대한 권리가 있다. 설득력 있는 증거로 뒷받침할 수 없다면 모든 의견은 동일하다. 그렇게 하면 많은 분쟁을 피할 수 있고, 이는 우리를 통치하는 사람들의 삶을 더 쉽게 만들어준다. 사이먼 블랙번Simon Blackburn(캠브리지 대학 교수)이 말했듯이, "상대주의는 (…) 누군가가 말하는 것을 반대할 권리를 약화시키는 것이다."[10] 이는 갈등을 완화하는 동시에 합의를 피하는 방법이다. 그러나 의견 차이가 있더라도 어떤 종류의 합의는 피할 수 없다. 의견이 다를 수 있으려면 무엇을 구별하는지에 대한 몇 가지 개념을 공유해야 한다. 나는 우리가 쿼크에 대해 이야기하고 있다고 생각하는데 당신은 우리가 고대 이집트의 네페르티티 여왕에 대해 이야기하고 있다고 생각한다면 우리는 논쟁을 벌이는 것이 아니다.

우리는 언어로 참과 거짓을 결정하며, 언어는 어느 누구의 사유 재산도 아니다. 나는 지구를 뒤흔드는 진실을 발견할 수도 있다. 예를 들어 토머스 하디Thomas Hardy는 소의 눈을 친 적이 결코 없으며 오로지 나만 그 사실을 알고 있다. 그러나 내가 나 자신에게 그 사실을 공식화할 수 있기 때문에 원칙적으로 다른 사람들에게도 전달될 수 있어야 한다. 철도나 물 공급과 달리 진실은 사유화될 수 없다. 이는 특정 공유 기준에 대한 호소를 포함하는 대화적인 광고다. 이런 의미에서 그것은 누군가의 키가 얼마나 되는지 알아내는 것과 비슷하다. 비트겐슈타인은 《철학적 탐구*Philosophical Investigations*》에서 "하지만 나는 내 키가 얼마나 큰지 알아!"라고 외치며 머리 위에 손을 얹는 누군가를 상상해 보도록 권유한다. 그는 키가 공통적인 기준으로 측정된다는 사실을 파악하지 못한다. 대신에 그는 자신의 키만큼 키가 크다. 나에겐 진실이라는 표현도 마찬가지로 공허하다.

상대주의는 전체 집단에 적용될 수도 있다. 예를 들어, 고유한 정체성을 갖고 있으며 그들의 가치관과 관습이 우리와 다를 수 있는 특정 주변 문화가 있다. 그들은 우리로서는 거의 상상할 수 없는 방식으로 세상을 볼 수도 있다. 그러나 그들은 확실히 존중받아야 할 그들 자신의 소중한 관습과 신앙을 가지고 있다. 이러한 그룹 중 하나가 은행원이라고 알려져 있다. 언뜻 보면 그들의 행동 중 일부(사기, 탐욕, 부패, 노골적인 속임수 등)가 부도덕해 보일 수 있지만, 우리가 누구이기에 그들에 대해 그토록 우월한 판단을 내릴 수 있겠는가? 어떤 신과 같은 관점에서 우리는 많은 사람을 재정적 파멸로 이끄는 것이 '부도덕하다'고 결정하는가? 은행가는 우리와는 다른 일을 하는 개인일 뿐이다. 우리가 다양한 라이프 스타일을 축하해야 한다고 믿는다면, 이 사실에 대해 불평하기보다는 환영해야만 한다. 정말로 우리는 모두가 많은 사람들을 파산시키는 것을 자제하는 겁 많고 순응적인 세상을 원하는가? 확실히 다양성은 그 자체로 가치가 있다. 그렇게 생각하는 사람들은 존 스튜어트 밀John Stuart Mill의 《자유론On Liberty》을 살펴보아야 한다. 이 에세이는 사회계급이 평준화되어서 차이가 지워지고 있다는 사실을 오히려 한탄한다. 세상에는 반동적 다원주의와 급진적 다원주의가 있을 수 있다.

모든 문화에서 진리의 기준이 서로 다르다면, 상호 비판은 고사하고 어떻게 의사소통을 할 수 있겠는가? 자바섬 사람들은 서구 제국주의를 비난할 수도 있다. 그러나 그들의 문화적 가정을 공유하지 않는데 우리가 잠을 못 잘 이유가 있는가? 철학자 콰메 앤서니 아피아Kwame Anthony Appiah가 주장한 것처럼, 이 관점은 "서로 차단되고, 모든 사람이 도덕적 합의에 갇혀 있고, 외부에서 논쟁에 접근할 수 없는 밀폐된 봉인된 세계를 정의하도록 요구한다."[11] 아피아는 범세계적인 정신을 지니고, 미국에서 가르치고 있는 자바인으로, 이 문제에 대해 확실한 권위를 가지고 말한다. 국가나 민족 공동체를 생각한다면 모든 문화가 타당할 수 있지만, 소아성애자나 미국 총기 로비에 대해 생각한다면 그렇지 않다. 포용이 항상 미덕은 아니다.

화합을 숭배해야 하나 차이를 당연히 숭배해서는 안 된다. 일부 포스트모더니스트들은 다른 문화가 어떤 면에서 우리 문화와 상당히 유사할 수 있다는 사실을 인정하기를 꺼린다. 그렇게 하면 다른 문화를 서구 규범에 동화시키는 근거처럼 들리기 때문이다. 간단히 말해, 은행강도가 단순히 부모가 거부한 사랑을 지폐의 형태로 빼앗으려고 한다고 가정하는 것과 같은 큰 오류이다. 그러나 차이 숭배가 할 수 있는 일은 기껏해야 상대주의로 알려진 또 다른 서구적 개념을 다른 사람들에게 떠맡기는 것뿐이다. 일반적으로 말하면, 인간은 현재 인정하는 것보다 훨씬 더 많은 공통점이 있다. 나는 신들이 하루에 수소 30마리를 제물로 바치라고 요구한다고 믿을 수도 있지만, 또 당신은 카드를 들고 다니는 불가지론자일 수도 있지만, 그렇다고 해서 우리가 협력해 누군가 익사하지 않도록 하는 것을 막지는 못한다.

맬컴 불Malcolm Bull은 "모든 사회에 공통적인 언어적·지각적·표현적·사회적 특성이 일부 있다는 것, 그리고 다양한 맥락에서 독립적으로 발전했지만 소수에만 존재하는 다른 많은 것들도 있음을 강력하게 시사하는 이용 가능한 증거가 있다."고 말한다.[12] 아프리카의 누에르족Nuer이나 아잔데족 Azande은 미국 텍사스 사람이나 영국 리버풀 사람들과는 다르게 세상을 바라볼 수도 있지만, 이 부족민들이 꼽는 현실의 많은 특징(해가 질 무렵, 배고픔, 겨드랑이, 웃음, 질병)은 텍사스와 리버풀에서도 친숙하다. 그들 세계가 불가해할 필요는 없다. 많은 인류학자가 거짓말을 한 것이 아니라면 우리 세계에서 벗어난 세계라고 해서 알 수 없는 것은 아닌 것이다. 애초에 이러한 가치와 관행을 식별할 수 있다면 완전한 수수께끼가 될 수 없다. 우리가 알 수 있는 것은 무엇이든 완전히 낯선 것일 수는 없다. 진짜 외계인은 지금 우리 무릎 위에 앉아 있는 사람들이다. 철학자 도널드 데이비슨Donald Davidson은 유명한 에세이에서 서로 다른 문화가 서로 비교할 수 없는 개념 체계를 가질 수 있다는 생각을 거부한다.[13]

지구가 붕괴 위기에 처해 있는 상황에서 우리가 공통의 세계를 갖고 있다는 사실을 부정하는 것은 유난히 비뚤어진 것처럼 보인다. 인류를 통일한 것이 있다면 그것은 글로벌 자본주의와 함께 기후 변화와 대량 살상 무기이다. 핵무기의 발명으로 역사상 처음으로 인류 전체가 멸망하는 일이 가능해졌다. 모든 사람은 적어도 맥도날드는 물론 소중한 재산까지 홍수로 휩쓸려 가 버릴 수 있는 공통점이 있다.

이것이 왜 중요한가? 진리의 개념이 부유한 중간계급에게 실질적인 문제가 되어야 할 이유가 없다. 의심할 여지도 없이 일부 이론가들은 진리의 개념에 대해 대단히 무신경하다.

그렇지만 진실로부터 자유로워지기 위해 자신이 처한 상태의 진실을 알아야 하는 불운한 사람들도 있다. 정치적 해방을 추구하는 사람들은 자유로워지기 위해 어느 정도 믿을 만한 지식이 필요하리라. 그들은 자기들의 상황이 결코 특별하지 않다는 소식이나 자신들이 굴욕을 당하고 부당한 대우를 받고 있다는 주장이 일단의 다른 사실 중에 단순히 사실의 한 버전일 뿐이라는 소식에 열광하지 않을 것이다. 크렘린궁의 텔레비전 채널 책임자인 마가리타 시모냔Margarita Simonyan은 진실을 가로막으려면 서로 상충되는 이야기가 다수 있어야 하는 것이 전부라고 선언했다. 따라서 블라디미르 푸틴 대통령이 습관적으로 정치적 반대자들을 6층 창문 밖으로 내쫓았다는 비난은 그가 비밀리에 CIA를 위해 일하고 있다는 주장보다 더한 것도 덜한 것도 아니다. 세상에 심각한 소득 불평등이 존재한다거나, 수천 명의 아프리카인이 한때 노예로 끌려갔다는 사실을 합리적인 확신을 가지고 말할 수 없게 만드는 모든 지식 이론은 깊이 의심받아야 한다. 오늘날 여성은 역사 속에서 부담과 멸시를 받아 왔다고 주장하면서도 인용을 두려워해 '사실', '진실', '객관성' 같은 단어로 포장하는 사상가들이 있다. 이 저자들은 반대자들의 진실과 객관성 개념 아래 있는 깔개를 끌어내면서, 자신의 아래에서도 깔개를 꺼냈다는 사실을 알아차리지 못하는 것 같다.

3. 인지적 사실주의와 도덕적 사실주의

세계는 우리가 생각하는 것과 무관하지만 그에 관한 정확한 지식을 가질 수 있다는 주장은 인지적 사실주의로 알려져 있다.[14] 미국 철학자 토머스 네이글Thomas Nagel은 이러한 형태의 사실주의가 사실이라고 믿지만, 그 믿음이 증명될 수 있는 것은 아니다.[15] 크리스토퍼 노리스Christopher Norris는 이 교리를 공격적 버전으로 바꾸어 다음처럼 제안한다.

우주와 그에 딸린 모든 것은 (…) 우리의 다양한 진술과 믿음과 관계없이 존재하고 다양한 힘, 속성, 인과 관계 등을 발휘한다고 생각해야 한다. 이러한 진술과 믿음은 실제 세계의 대상, 과정 또는 사건을 선택하고 올바른 종류의 속성을 진술하는 경우에만 (객관적으로 그렇다) 참된 것이다.[16]

우리는 다음 장에서 이 주장이 문학적 사실주의에 미치는 영향을 살펴볼 것이다.

인지적 사실주의자가 되기 위해 반드시 절대적인 진리를 지닌 어떤 소설과 계약을 맺어야 하는 것은 아니다. 또 순수한 사실에 대한 믿음이나 우리의 인식에 편견이 없다는 신화에 굴복하는 것도 아니다. 세상이 주어진 시간에 단지 하나의 특정한 방식으로 돌아가거나 혹은 세상에 대해 가치 있는 관점은 어디에서도 볼 수 없다고 가정할 필요도 없다. 그럼에도 불구하고 사실주의자들은 세상의 방식이 우리가 묘사하는 방식에 따라 결정되지 않는다고 믿는다. 그들의 의견으로는 그러한 설명이 참인지 거짓인지를 결정하는 것은 실제 상황이다. 이 이론의 진실은 세상이 구성되는 것이 아니라 발견되는 것이라는 데 있다. 이 말은 마음이 발견 과정에서 적극적인 역할을 한다는 것을 부정하지 않는다. 사실은 마음에 의존하지 않는다. 그러나 우리가 그것을 만드는 방법, 그것을 식별하고 설명하고 구성하는 방법, 그중 어떤 부분이 우리에게 중요하고 어떤 부분이 중요하지 않은지, 그것을 실제로 사용하는 방법, 이 모든 것은 우리의 필요, 관심 및 가치와 관련이 있으며 물론 때와 장소에 따라 다르다. 철학자 폴 오그레이디가 말하듯, "사물의 존재 방식은 있지만 그것에 대해 이론화하거나 설명하는 방법은 여러 가지가 있다."[17] 우리의 설명 형식은 사물의 존재 방식에 의해 제한된다. 우리는 우리가 원하는 방식으로 사실을 '구성'할 자유가 없다. 어쨌든, 우리가 구성하려는 것은 무엇인가? '구성하다'라는 동사는 조작할 무언가가 있다는 것을 암시한다.

사이먼 블랙번은 생각이 때로 일부 세상을 다소 만족스럽게 반영하지 못한다면 수많은 과학적 성공이 기적 덕분에 이루어졌다고 여겨야 한다고 주장한다.[18] 이 주장은 다수의 인문학 학생들처럼 과학을 회의적으로 보는 포스트모더니스트들에게는 그다지 설득력이 없을 것이다. 아이러니하게도 그들은 자신들이 경멸하는 구식 인문주의자들과 마찬가지로 이 문제에 대해 회의적이다. 그러나 초기 근대의 과학은 급진적이고 우상 파괴적인 모험사업이 될 수 있는데, 이는 또한 수많은 포스트모던 사상이 자신을 보고 싶어 하는 방식이다.[19]

이런 종류의 사실주의는 지식 이론이기도 하지만, 도덕적 버전의 사실주의 역시 존재한다. 도덕적 사실주의는 도덕적 자질이 세계의 특징이라고 주장한다. 도덕적 판단은 단지 사람들이 하는 일에 대해 자신의 주관적인 태도를 등록하는 방법이 아니다. 도덕적 판단은 상황에 대한 중립적인 묘사('그녀는 결혼식 30분 후에 그의 돈을 가지고 달아났다')와 거기에 더해 찬성 또는 반대하는 판단('훌륭한 일을 했어요!')이 아니다. 이 이론에서, 감정주의라고 알려진 윤리는 그저 응원이나 야유의 더 정교한 형태일 뿐이다. 또한 소위 규범주의에서처럼 사실주의자들이 도덕적 판단을 꼬리표에 묶은 처방('이런 종류의 일을 하지 마!')으로 중립적인 묘사로 보기 위한 것도 아니다.[20] 어떤 행동을 '사기'라고 부르는 것은 단지 그 가해자를 비난하기 위한 것이 아니다. 단순히 사람들에게 그것을 하지 말라고 촉구하는 간단한 전달법도 아니다. 오히려 '이것은 살인이다'와 같이 서술적이면서 동시에 평가적인 진술이다. 로저 스크루턴Roger Scruton이 말하듯, "그 묘사는 비난의 힘을 가지고 있다."[21] 그렇지 않을 때조차, 우리가 단순히 사실을 진술하거나 단순히 가치 판단을 내릴 때에도, 두 행위는 밀접하게 관련되어 있다. 스티븐 멀홀Stephen Mulhall은 "사실의 진술이 가치 판단이 아니라, 오히려 사실 진술과 가치 판단은 둘 다 인간 본성이 지닌 동일한 능력을 말한다—오직 가치 판단을 할 수 있는 생물만이 사실을 진술할 수 있다"고 말한다.[22]

이 이론에서 도덕적 자질은 어떤 것이 간결하거나 장황할 수 있는 것과 거의 같은 방식으로 상황의 특징이다. 물질적 사실이 있는 것과 마찬가지로 도덕적 사실이 있다. 도덕적 지식 같은 주장은 비사실성이 부정할 수밖에 없다. 비사실주의자에게 객관적 도덕적 진리란 존재하지 않으며, 이에 따라 로비본드는 "아무도 당신의 도덕적(또는 다른) 가치관이 잘못되었다고 말할 수 없다"라고 결론을 내린다.[23] 그건 마치 그들이 화성의 술집을 좋아한다는 점에서 잘못되었다고 말하는 것과 같다. 비사실주의자들에게 도덕은 취향·의견·전통 또는 공동체 규범의 문제다. 어떤 사람들은 백인 우월주의자들이고 어떤 사람들은 그렇지 않으며, 어떤 사람들은 렘브란트보다 라파엘로를 선호한다. 그러나 도덕적 사실주의자에게 유효한 주장의 기준은 오직 하나 즉 진리이며, 이것은 도덕적 주장과 사실적 주장 모두에 적용된다. 앨러스데어 매킨타이어Alasdair MacIntyre(스코틀랜드의 철학자)는 "도덕적이고 평가적인 진술은 정확히 다른 모든 사실적 진술이 불릴 수 있는 그런 동일한 방식으로 참 또는 거짓이라고 부를 수 있다"고 썼다.[24] 사실에 대한 설명과 마찬가지로 도덕적 주장은 공유된 일정한 절차에 따라 이루어지며, 이는 원칙적으로 합리적으로 정당화될 수 있다는 것을 의미한다. 따라서 도덕적 추론은 과학적 추론과 동등성을 주장할 수 있으며, 이는 그것 역시 공개적인 증거 기준에 대해 답할 수 있다는 점에서 동등성을 주장할 수 있다.

이성적으로 정당화된다고 해서 반드시 옳은 것은 아니다. 당시에는 견고해 보이는 증거에 근거한 논증이 후에는 근거 없는 것으로 판명될 수도 있다. 1067년에 태양이 지구 주위를 돈다는 믿음은 합리적인 주장이었다. 도덕적 사실주의는 어떤 행동이 옳은지 그른지에 대해 결코 의심하지 않는다는 의미가 아니다. 단지 그런 판단을 내릴 때 문제가 되는 것은 사실에 대한 물음이다. 우리는 어떤 행동이 살인인지, 과실치사인지, 자기방어인지를 놓고 논쟁을 벌일지도 모른다. 그러나 어린아이를 납치해 혼자 비좁은 공간에 오랫동안 감금한 것이 나에게는 잘못된 일이지만, 영국왕 세자비에게는 잘못된 일이 아니며, 캘리포니아 사람들 사이에서는 옳지 않지만 아프리카 아잔데 부족의 사람들 사이에서는 옳다고 주장할 수 없다.

모든 덕행의 근거에는 사태를 있는 그대로 보려는 시도가 자리 잡고 있다. 이런 의미에서 윤리학과 인식론은 마침내 하나가 된다. 고전적인 도덕적 질문은 '어떻게 해야 하는가'가 아니라 '상황을 고려할 때 어떻게 해야 하는가'이다. 윤리적 논쟁이 잠재적으로 무한한 한 가지 이유는 상황의 사실이 성립하기 어렵고 심지어 불가능할 수도 있기 때문이다. 그러나 이것이 플라톤에서 헤겔에 이르는 도덕주의자의 계보가 도덕적 문제를 구성해 온 방식이다. 모든 사상가가 이 경우에 동의하지는 않는다는 것은 진실이다. 아마도 근대 철학자들 중 가장 위대한 사람인 칸트는 사실의 영역은 다른 것이고 가치의 영역은 다른 것이라고 주장할 것이다. 우리는 도덕법칙 그 자체 때문에 도덕법칙을 준수해야 한다. 우리는 그렇게 하는 것이 도덕적이기 때문에 도덕적이어야 한다.

그러나 도덕적 사실주의자가 적절하게 행동하려면 사물이 우리에게 어떤 것인지에 대한 지식이 필요하다. 이 통찰력을 얻는 것 자체가 다양한 도덕적 미덕을 요구할 수 있다: 정직과 집념, 자기비판 능력, 사욕이나 자기 망상 없이 세상을 보려는 노력, 세상에 우리 자신의 사적인 환상을 강요하지 않으려는 거부 등이 그것이다. 기실, 진리 그 자체는 원래 도덕적 개념이었다. 진리라는 단어는 믿음 또는 충성을 의미하는 'troth'와 관련이 있다. 우리는 다른 사람에게 충실을 맹세하기보다는 있는 그대로의 모습에 충실하려고 노력한다. 추악하고 불편한 것에 맞서기 위해서는 어느 정도 지적 용기가 필요할 수도 있고, 사물의 반항과 현실에 대한 개방성을 받아들이는 것도 필요할 수 있다. 이 모든 것이 객관성이 의미하는 바이다. 객관성이란 자기 중심성의 반대이다. 이런 종류의 사실주의는 자발적 충동이 아니라 도덕적 노동이다. 누군가는 그것이 환상보다 훨씬 덜 자연스럽게 온다고 주장할 수도 있다. 그러한 이타적 객관성의 옹호자 중 한 명이 괴테인데, 특히 자신의 저서 《이탈리아 여행*Italian Journey*》(1817)에서 그는 이타적 객관성을 옹호하였다. 사실인즉, 괴테는 근대 문학적 사실주의를 창시한 사람들에 속한다.

그러므로 객관성이 항상 무혈적이고 냉담한 것은 아니며, 무관심이 항상 사리사욕을 가리는 것은 아니다. 반대로 비상한 용기를 요구할 수도 있다. 진실을 발굴하려는 시도에는 진실성과 성실성이 필요하다. 우리는 잔학 행위를 폭로하기 위해 확실한 증거를 찾는 탐사보도 기자들처럼 객관성에 대한 열정을 가질 수도 있다. 프리드리히 엥겔스Friedrich Engels는 오노레 드 발자크Honoré de Balzac가 개인적으로 프랑스 귀족을 동정하지만 소설에서는 그들을 끊임없이 풍자하는 방식을 존경한다.[25] 발자크의 예술적 성실성은 그의 성향과는 반대로 발자크가 프랑스 귀족들의 불쾌한 사실에 직면하도록 강요하는 것이다. 엘리엇의 《미들마치》 속 화자가 관찰한 것처럼 사실주의는 사물에 대한 견고하고 중립적인 기쁨을 나타내며, 이는 정서적 참여와 지적 공정성을 혼합한 논평이다.

아이리스 머독Iris Murdoch은 선함이 무엇인지 알기 위해서는 "실제 상황에 대한 섬세하고 정직한 인식, 자신이 직면한 것에 대한 인내심 있고 공정한 분별력과 탐구"가 필요하다고 말했다.[26] 선함은 한마디로 사실주의를 포함한다. 그리고 사실주의는 사랑과 멀지 않은 규율 있는 이기심을 요구한다. 머독은 결국 사실은 오직 '인내하는 사랑의 눈' 덕분에 드러난다고 썼다.[27] 그녀는 예술이 진정한 지식과 도덕적 가치를 구별하기 어려운 이러한 상황의 모범이라고 믿는다. 그렇지 않으면 우리는 에고의 자연스러운 상태인 이기적인 환상의 수렁에 빠지게 된다. 이런 관점에서 볼 때 대부분의 일상 의식은 허위의식이다. 머독은 "모든 것이 헛되다. 정말로 중요하고 유일한 것은 모든 것을 명확하게 보고 정의와 분리될 수 없는 정의에 대응하는 능력이다."라고 멜로드라마적인 어투로 말한다.[28] 그녀 자신은 그렇게 하기 위해 소설 쓰기라는 형태를 취했다. 현실에 대한 자기 망각적인 관심을 통해 자아를 초월할 수 있는 사람은 사물과 사람을 있는 그대로 인정할 수 있으며, 이는 그 자체로 도덕적 행위이다. 머독은 "위대한 예술가의 사실주의는 사진적 사실주의가 아니라 본질적으로 연민이자 정의이다."라고 주장한다.[29] 거기에 겸손을 덧붙일 수도 있다.

사실주의가 도덕적 의미를 가질 수 있다는 데는 또 다른 의미가 있다. 사실주의는 일상생활과 가장 밀접한 문학 형식이기 때문에 대부분의 다른 문학 형식보다 일상생활에 결정적으로 영향을 미칠 수 있는 잠재력을 갖고 있다. 에밀 졸라 Emile Zola는 소설가로서의 자신의 작업이 다름 아닌 사회의 변혁이라고 여겼으며, 이를 사회의 몸체에서 감염을 제거하는 외과 의사의 작업에 비유했다. 찰스 디킨스의 사회 개혁 열정은 전설적이다. 찰스 킹슬리Charles Kingsley와 엘리자베스 개스켈Elizabeth Gaskell과 같은 다른 빅토리아 시대 소설가들은 중간계급의 관심을 끌기 위해 산업 프롤레타리아의 지하세계를 알리는 것이 그들 임무의 일부라고 생각했다. 이는 계급적 적대감이 대체로 오해의 결과라는 관대한 마음의 오해에서 비롯한 것이었다. 후에 고려할 마르크스주의 비평가 죄르지 루카치György Lukács에게 사실주의는 "정치적 행동의 대체물이 아니라 그것을 수반하는 의식의 구조"이다.[30]

마지막으로, 문학적 사실주의자가 반드시 도덕적이거나 인지론적인 사실주의자일 필요는 없다는 점은 주목할 가치가 있다. 순수한 환상의 예술을 생산하면서도 세상은 우리의 설명과 무관하다고 주장할 수 있다. 아니면 강력하게 사실주의적인 소설을 생각해 내면서 소위 사물의 본질을 결정하는 사람은 바로 우리라고 주장할 수도 있다. 우리는 도덕적 가치를 주관적인 가치 판단으로 여기거나 미덕에 대한 권고에 불과하다고 생각할 수도 있지만, 인상적인 도덕적 깊이와 복잡함을 가지고 글을 쓴다. 사실주의는 개념의 집합이며, 많은 가족처럼 그들은 항상 눈을 마주치지는 않는다.

2

사실주의란 무엇인가?(1)

What is Realism?

1. 사실주의, 이상주의 그리고 중간계급

'사실주의'라는 용어는 1853년에 프랑스 소설가 오노레 드 발자크의 소설을 묘사하는 방식으로 영어에 도입된 것 같다. 비평가 하비브M.A.R. Habib는 이 형식을 다음처럼 요약한다. 즉 객관성과 직접 관찰을 목표로 하고, 정확하고 묘사적인 언어를 사용하며, 일반적으로 과거보다 당대의 경험을 선호하고, 가능하거나 개연성 있는 것을 고수하며, 전형적으로 더 단순하고 구어체적인 관용구를 선호하여 고도로 수사적 표현 사용을 피하는 형식이라는 것이다.[1]

사실주의 작품의 언어는 밀턴의 《실낙원*Paradise Lost*》(1667)의 시만큼 밀도 있고 비유적일 수 있기 때문에 마지막 요점은 한정해야 할 필요가 있다. 사실주의가 항상 평범함과 동의어는 아니다. 그러나 대부분의 경우, 사실주의는 냉정하고 넌센스가 아니며, 거개가 더 오래되고 귀족적인 사회 질서의 양식화된 예술에 적대적이다. 사실주의는 대부분 중간계급이 선호하는 형태로 그들은 자신의 세계에 안주하고 자신이 제작하는 예술의 거울에 비춰 자신의 얼굴을 바라보는 것을 즐긴다. 그들은 낭만주의적이고 이상주의적인 것, 예의 바르고 정교한 것, 공상적이고 멋진 것을 경계하는 경향이 있다. 조지 엘리엇이 쓴 것처럼, 사실주의는 "자연에 대한 겸손하고 충실한 연구"를 포함하며, "감정의 안개 속에서 상상력으로 자란 모호한 형태"를 "확실하고 실질적인 현실"로 대체하는 연구이다.[2]

19세기의 많은 독자들은 자연에 대한 이 겸손한 연구에 너무 많은 것이 있어 받아들이기 어렵다고 여겼다. '사실주의'라는 용어는 성적으로 추악하고 도덕적으로 외설적인 것을 의미하게 되었고, 사실주의 소설에 부르주아 문명에 대한 위협으로서의 사회주의와 무정부주의가 합류하게 되었다. 사실주의가 경박하고 자유를 사랑하는 프랑스와 연관되어 있다는 사실은 그 명성을 더욱 악화시켰다.

사실주의의 정의는 결코 완벽하지 않다. 누군가는 적어도 19세기 후반까지는 '순수'하거나 다른 것이 전혀 섞이지 않은 순수한 사실주의가 거의 없었다고 주장할 수도 있다. 이런 면에서 볼 때 헨리 제임스Henry James는 비록 그의 소설에도 이전의 흔적이 출몰하기는 하지만, 사실주의로 온전히 들어섰다고 볼 수 있다. 대부분의 사실주의 소설은 놀라울 정도로 혼합된 형태다. 발자크의 천재 범죄자인 보트랭Vautrin (발자크의 소설 《고리오 영감》에 나오는 탈옥수)부터 디킨스의 《황폐한 집Bleak House》에서 크룩의 자연 발화, 하디의 《비운의 주드Jude the Obscure》에서 주인공인 주드 폴리의 아이들 살해까지 사실주의 작품 중 상당수가 독자의 믿음을 한계점 이상으로 확장하는 비사실주의를 일부 포함한다. 많은 가상의 주인공이 신화·서사시·로망스에서 사실주의 무대로 이탈한 것 같다.

예를 들어, 찰스 디킨스의 소설을 생각해 보라. 디킨스는 빅토리아 시대 영국의 초상화를 비교할 수 없을 정도로 생생하게 그린 것으로 칭찬을 받았지만, 그의 캐릭터 중 상당수는 치과 대기실에서 마주칠 수 있는 종류의 인물이 아니다. 그들은 스누커 공처럼 서로 튕겨 나가며 서로의 삶의 틈새에 사는 것처럼 보이는 기이한 인물과 괴짜이며, 그들의 대화는 대화의 문제라기보다는 서로 맞물린 독백의 문제이다. 이들의 대화는 독특한 도시적 인식의 형태로, 긴밀한 농촌 공동체에서 우리가 이웃을 대하는 방식과는 매우 다르다. 단순히 도시에 관한 예술이 아니라, 시끄럽고 뻔뻔스럽고 역동적이고 화려하며 도시가 키워 낸 예술이다. 내용뿐만 아니라 형태도 도시적이다. 이 정도로 디킨스의 소설은 사실주의의 한 형태이지만 새로운 사회적 조건에 적합한 사실주의의 한 형태인데, 그것은 그의 산문의 활기찬 리듬이 증가하는 영국 인구가 경험하는 도시 풍경의 충격·충돌·부조화 및 무작위적인 만남을 전달하기 때문이다.

디킨스의 소설에서 비현실적으로 보일 수 있는 것이 더 깊은 수준에서는 현실적으로 보일 수도 있다는 데 또 다른 의미가 있다. 그의 소설은 런던에서 도망치던 올리버 트위스트가 자신의 혈연관계에 있는 집안에서 순전히 사고를 당했을 때처럼 노골적으로 조작된 우연의 일치로 악명이 높다. 그러나《황폐한 집》과《막대한 유산》과 같은 후기 작품에서는 분명히 이런 종류의 우연한 수렴은 자신의 고독한 세계에 갇혀 있는 것처럼 보이는 캐릭터가 실제로 서로 깊이 얽혀 있을 수 있음을 의미할 수 있다. 플롯은 이제 파편화된 사회의 표면 아래에 있는 상호 부채·채권·의무를 밝히는 수단이 될 수 있다. 진정한 사실주의는 겉보기보다 더 깊이 파고든다. 후에 이러한 측면을 더 많이 살피기로 한다.

이안 와트Ian Watt는 그의 고전적인 연구《소설의 부상》에서, 사실주의적인 시각은 두 가지 두드러진 특징을 보여 준다고 주장한다. 와트는 낭만주의와 신고전주의 예술의 잘못된 시적 관념론을 거부하고, 고귀한 것이나 영웅적인 것들보다 '낮은' 혹은 평범한 주제들을 옹호한다.[3] 와트가 재미있게 지적한 것처럼, 디포의 소설 《몰 플랜더스》의 주인공 몰 플랜더스는 도둑이고, 록사나(소설 《록사나》의 여주인공으로 창녀)는 '쉬운 미덕'을 지닌 여자이며, 새뮤얼 리처드슨의 주인공 파멜라는 위선적인 하녀이고, 필딩의 주인공 톰 존스는 거짓말을 하는 사람이다.[4]

거짓 이상주의에 관해서는 사실주의 소설의 상당 부분이 현실의 단단한 바위에 맞서 망상을 폭로하고 환상을 깨뜨리는 데 전념하고 있다. 이런 사실주의 소설은 가면을 벗기고 폭로하는 하나의 예술이다. 또한 개인에 대한 엄청난 관심을 보이고 개인을 보편적인 것보다 더 높이 평가하며, 이전 예술 형식과 달리 시간에 따른 캐릭터의 진화를 보여 준다. 사실주의 문학은 대부분의 이전 문학보다 시간과 장소의 중요성에 대해 훨씬 더 구체적으로 다루며 독자에게 사람들의 실제 경험에 대한 진정한 설명을 제공한다. 소설의 산문은 일반적으로 대부분의 전통적인 문학 장르의 산문보다 더 단순하지만, 우리는 이 주장이 검증되어야 한다는 것을 이미 살펴보았다. 현실감을 위해 어느 정도 세련미를 희생할 수도 있다. 이것은 일부 포스트구조주의 비평가들이 '읽을 수 있는'이라고 부르는 종류의 글이다. 이는 너무 읽기 쉽고, 너무 쉽게 소비되며, 핀다로스 송가나 영웅시와 동일한 인공물이라는 사실을 인식하지 못한다는 것이 너무나 명백하다는 의미다. 와트는 "(사실주의) 작가의 유일한 목표는 '반복이나 삽입 또는 장황한 표현의 대가가 무엇이든 간에 단어가 대단히 구체적으로 대상을 명확히 전달하는 것"이라고 말한다.[5]

헨리 제임스의 《그것 안의 이야기The Story in It》에 등장하는 인물은 주로 프랑스 소설을 읽는다고 말한다. '프랑스어'는 사실주의 소설의 코드인데, 왜냐하면 '나는 프랑스 소설로 사실적인 것을 더 많이 얻은 것 같아—돈에 비해 더 많은 삶을 누릴 것 같아서'라는 것이다.

《서정시집Lyrical Ballads》 서문에서 워즈워스와 콜리지는 이 책의 목적이 "일상생활에서 일어나는 사건과 상황을 선택하고, 가능한 한 실제로 사용되는 언어를 선택하여 전체적으로 연관시키거나 설명하는 것"이라고 썼다.[6] 이 서술은 무엇보다도 상류계급의 기득권에 대한 지역 주민들의 혐오감을 암시한다. 대중적이고 꾸밈없는 것을 향한 이 편향성은 미국에서 사실주의가 활발하게 발달한 이유 중 하나일 수 있다. 미국은 궁정과 귀족이 없고 부족하며, 인위적인 것과 인조적인 것을 싫어하는 청교도 성향, 사실적으로 말해야 한다는 단호한 태도, 견고한 진실을 중시하는 경향이 있다. 청교도 사상에 따르면 허구와 비슷한 픽션은 거짓말에 너무 가깝기 때문에 이 흠을 보상하기 위해 최대한 솔직해야 한다. '픽션'이라는 단어는 '허위로 만들다to feign'는 라틴어에서 비롯되었으므로 '사실주의 허구realist fiction'라는 용어는 어떤 의미에서는 모순되는 것일 수 있다.

사실주의는 또한 기적적·형이상학적·시적·멜로드라마적·초자연적인 것과 함께 신화·로망스·환상을 싫어한다. 나중에 살펴보겠지만, 사실주의는 때때로 그러한 자료를 약간 훔쳐오기는 하지만, 대부분은 좀 더 세속적이고 일상적인 소재를 사용하는데, 이것이 바로 일부 아방가르드 사상가들이 사실주의에 대해 불만을 품는 부분이다. 초현실주의 예술가 앙드레 브르통André Breton의 눈에 따르면, 사실주의는 "미지의 것을 알려진 것으로, 분류 가능한 것으로 축소시키는 아주 다루기 힘든 열광"을 불러일으킨다. 이는 혁신적이고 상상력이 풍부한 것을 겁에 질려 거부하는 것이며, 사실을 위해 가능성을 비겁하게 희생하고 그렇게 함으로써 현상 유지를 신성화하는 것이다.[7] T.S. 엘리엇은 사실과 정확한 유사성을 추구하는 예술을 '황무지'라고 날카롭게 비판한다.[8]

대체로, 사실주의는 중간계급의 산물이다. 해리 레빈Harry Levin은 사실주의를 "귀족보다 시민의 우월함"이라고 주장한다.[9] 사실주의는 독자들을 새로운 감정 습관으로 교육하며 전통적인 가치에 도전하고 새로운 가치를 양성한다. 따라서 사실주의는 중간계급의 문화 혁명에서 중요한 역할을 하며 새로운 종류의 자립적이고 자기 결정적인 인간 주체를 만들어 내는 데 기여한다.[10] 그렇다면 문학이란 이름으로 빛나기까지 얼마간을 기다려야 하는 이 저속한 신출내기 글쓰기 형식이 돈·재산·토지·결혼·상속을 반복적으로 언급하는 것은 놀라운 일이 아니다. 개개인에 사로잡힌 사실주의는 서사나 로망스로는 다루기 어려운 복잡한 심리적 상태를 탐험한다. 대부분의 중간계급이 전통적인 것보다 현재적인 것에 더 많은 관심을 두기 때문에, 사실주의는 동시대적인 감각을 가진다는 점에서 다른 문학적 흐름과 구별된다. '소설novel'이란 단어는 '새로운'을 의미하는 라틴어에서 유래되었다. 사건들은 이 단어가 지닌 두 가지 모두의 의미를 생생하게 표현한다. 18세기 소설가 새뮤얼 리처드슨Samuel Richardson은 《파멜라》에서 이것을 터무니없이 극단적으로 밀어붙였다. 이 소설에서 순결한 여주인공은 자신의 경험을 일어나는 대로 영원히 기록하고 있으며 음란한 주인이 그녀와 함께 침대에 기어오르고 있다고 알리려고 글을 쓴다. 그러나 사실주의 소설은 중간계급의 문화를 반영할 뿐 아니라 그에 대한 비판도 포함하고 있다. 스탕달Stendhal에서 마틴 에이미스Martin Amis에 이르기까지 사실주의는 현 상태에 대해 비판하기를 주저하지 않는다. 사실주의는 주인들을 무자비하게 풍자할 수도 있고, 그들의 천박한 생활 방식에 깊은 환멸을 표현할 수도 있다.

그리고 사실주의에는 역사적 근거가 있다. 대략 서사시는 영웅시대에 속하고, 로망스는 중세 기사도 시대에, 사실주의 소설은 근대에 속한다. 그 전성기는 역사상 처음으로 지배적인 문학 형식이 된 19세기이다. 《공산당 선언》에서 마르크스는 중간계급(역사상 가장 강력한 혁명 세력이라고 그가 주장하는)의 명쾌한 세계관과 그것을 이상화하지 않는 태도에 대해 칭찬을 아끼지 않는다. 그들은 "종교적 열정, 기사도적 열광, 천민적 감정적 행동이라는 최고의 천상 환희를 이기적 계산의 차가운 물에 빠뜨렸다. (…) 중간계급은 지금까지 존경하고 경외심을 갖고 숭배했던 모든 직업의 후광에서 벗어났다."라고 말한다.[11] 이는 19세기 유럽에서 엄청난 반어법적 칭찬 중 하나다. 중간계급의 사실주의는 감상적 허세와 거만한 행렬의 적이다. 마르크스가 역사적으로 중요한 전환으로 간주하는 대로, 사실주의는 세상이 어떻게 보이든, 추악하고 잔인하더라도 그렇게 말하려고 한다. 중간계급의 정신은 산초 판차와 같아, 그들의 단호한 상식에 자부심을 느끼며, 사회적으로 우월한 상류계급인 돈키호테 같은 판타지와는 대조된다. 그들은 쓸데없는 추상적인 생각이 아닌, 담백한 경험주의자적 방식으로 손으로 만질 수 있고 맛볼 수 있는 것을 믿는다.

마르크스의 판단이 결코 전적으로 긍정적인 것은 아니다. 만약 부르주아가 의식과 화려한 수사에 반대한다면, 그것은 부분적으로 천박하고 탐욕적인 본질 때문이며, 그들은 자신들의 영혼 상태보다는 시장 상태에 더 관심을 갖고 있기 때문이다. 그들은 마르크스 발언의 애매모호한 어조가 암시하듯이 긍정적인 의미와 부정적인 의미 모두에서 유물론자들이다. 그럼에도 불구하고 자본주의 계급은 약탈적인 집단일 수 있지만, 그들은 "종교적·정치적 환상으로 가려진" 억압 형태를 "알몸의, 뻔뻔한, 직접적이고 잔인한 착취"로 대체하면서 사실에 대해 무례하고 솔직하게 말한다.[12] 성경을 휘두르는 사람보다 사람들을 노예처럼 부려먹는 뻔뻔한 착취자가 더 낫다.

사실주의는 사회적 존재의 안정성을 신뢰하는 동시에 그 불안정성을 인식한다. 따라서 이는 중간계급 사회의 두 가지 상반된 측면과 일치한다. 사실주의의 도덕적 가치는 신중함, 예의 바름, 절제이지만, 그의 사회 및 경제적 삶은 위험, 투쟁 및 끊임없는 기업의 문제다. 만약 중간계급이 집에서는 차분하고 존경스러운 사람이라면, 공공 영역에서는 모험적인 산업가의 모습을 띤다. 따라서 사실주의 소설은 일상생활에 자리 잡으면서 따분함의 위험을 감수하지 않고 있다. 파산이나 억만장자가 되는 일에는 따분함이 없다. 그러므로 사실주의는 이중으로 매력을 발휘한다. 익숙한 이미지로 자신을 위로하는 소심하고 가정 중심의 영혼들뿐만 아니라, 위험, 모험, 지속적인 노력에 영감받는 모험적인 유형들에게도 마찬가지로 매혹적이다. 두 페르소나를 한 가슴 안에 품을 수 있는 것이다.

그러나 중간계급은 질서와 마무리에 문제가 있다. 시장 경제에는 우아하게 대칭적인 형태가 없고, 재산 취득에도 자연스러운 끝이 없다. 오히려, 망하지 않으려면 끊임없이 축적해야 한다. (라틴어 'res'에서 유래한 'real'이란 단어는 원래 불변의 재산을 나타내는 법적 용어로서, 오늘날에는 '부동산'이란 말에 그 의미가 살아 있다.) 다니엘 디포가 이 축적의 '나쁜 무한대'를 (그렇게 헤겔이 불렀듯) 가장 잘 보여 주는 작가 중 한 명이다. 그의 소설에서 기업가 정신은 서술 과정과 마찬가지로 끝없이 계속된다. 부의 축적은 끝없이 이어질 수 있고, 이야기를 계속할 수도 있다. 이는 당시 이미 시장에서 매력적인 상품이 된 활동이다. 일정 수준의 풍요와 만족을 얻은 후에도, 디포의 캐릭터들은 거의 즉시 새로운 모험에 던져지는 경향이 있다. 그들은 더 많은 도박과 위험에 빠르게 뛰어들어 새로운 모험에 도전한다. 이것은 이 작가의 소설에 자연스런 마무리가 없다는 것을 의미한다. 그들의 결말은 일반적으로 임의적이고 임시적으로 느껴지며, 결론보다는 중단 같은 느낌이 든다. 만족되지 않은 욕망이 인간의 자연스러운 상태이며, 주인공은 성적 파트너, 가정 설정, 혹은 음흉한 상업 벤처에서 다음으로 넘어간다. 돈보다 더 불안정한 것은 없으며, 돈은 인간 존재 전체를 끊임없는 모험으로 만든다. 가장 풍부하고 믿기 어려운 현상인 돈과 환상은 논리적으로 함께 간다.

'문학적 사실주의'라는 표현에는 자기모순의 느낌이 있다. '사실주의'는 거칠고 장식되지 않은, 때로는 신랄하고 거칠게 느껴지는 것을 시사하는 반면, 문학은 예술적인 측면에서 다루어지는데, 형식의 교묘함, 스타일의 기교, 해피 엔딩과 같은 위로의 속임수 등이 포함된다. 앞서 언급한 것처럼 '사실주의적 허구'는 더욱 이상하게 들린다. 허구는 치아를 뽑는 것처럼 현실적인 의미에서 실재하지 않기 때문이다. 기실, '허구'라는 단어는 문학이 점차적으로 더 사실적으로 전환될 때 처음 등장했는데, 그러한 글이 사실적인 보고서가 아니라는 점을 나타내기 위해 사용되었다. 모든 문학 작품이 《이상한 나라의 앨리스》처럼 읽힌다면 이러한 꼬리표가 필요하지 않았을 것이다. 프레드릭 제임슨은 '사실의 묘사rep-resentation of reality'라는 표현에서도 유사한 양상을 찾아낸다.[13] 이는 우리가 표현을 보조적인 사실로 생각하기 때문에 어떻게 그것들이 세계의 풍부함과 밀도를 포착할 수 있는지 이해하기 어려울 수 있다. 그러나 또 다른 이유는 사실 자체가 단순한 사실의 집합이 아니라 표현의 집합이라고 주장할 수 있기 때문에 이 표현이 이상하게 느껴질 수 있다. 이에 대한 논의는 이미 사실주의와 반사실주의에 관한 토론에서 다루었다.

일부 사실주의 작품은 세계의 시선과 정면으로 맞서기 위해 문학 영역에서 완전히 벗어나기를 원한다. 그러나 사실주의 자체가 문학적 장치이다. 사실을 원형 그대로 전하려는 노력은 가장 사실주의적이지만, 어떠한 절대적 의미에서는 이것이 불가능하기 때문에 가장 비사실적이다. 워즈워스와 콜리지가 《서정시집》에서 사용한 소박한 언어는 문학적 관습(18세기의 신고전적인 운문)에 대한 일종의 비난이나, 실제로는 하나의 관습에서 다른 하나의 관습으로 옮겨 가는 것이며 관습에서 현실 생활로 옮겨 가는 것이 아니다. 그러면 아마 모든 사실주의자 작품에는 약간의 나쁜 믿음이 있다고 볼 수 있는데, 이는 그 작품이 진짜인 것처럼 우리를 설득하려고 하지만 그렇지 않다는 것을 알고 있으며, 독자도 이를 알고 있다는 것을 알고 있기 때문이다.

일부 비평가들은 사실주의를 보편적 범주로 여기며, 시간과 공간에 상관없이 실제로 모든 진정한 예술의 기초로 간주한다. 그 예로는 나중에 죄르지 루카치와 에리히 아우어바흐 Erich Auerbach의 작품에서 이 논쟁을 살펴볼 것이다. 혹은 특정한 역사적 시기의 산물로, 《돈키호테》와 18세기의 소설과 같은 한두 개의 주목할 만한 선구적 작품이 있으며, 제인 오스틴과 월터 스콧으로부터 오늘날까지가 이 시기에 해당한다. 하나의 형식으로서, 사실주의는 제거하기가 매우 어렵다는 것이 증명되었다. 예술의 모더니즘 혁명 이후, 적어도 영어권에서는 문학적 계급에서 다시 자리를 차지했으며, 특히 특이한 일이 발생한 것 같은 느낌은 별로 없었다. 모더니즘이 남긴 뚜렷한 영향을 받은 작가들이 있었고, 그 모티프 중 많은 것들이 포스트모더니즘의 형태로 돌아왔다. 그럼에도 불구하고 필립 라킨Philip Larkin은 마치 T.S. 엘리엇이 존재하지 않았던 것처럼 나타났다. 몇몇 영어권 작가들에게는 일시적인 동향과 일탈을 경험한 후에 다행히도 정상으로 돌아간 것으로 보였다.

또한 사실주의는 특정 시대, 장소 또는 장르에 국한되지 않고 수 세기에 걸쳐 모든 종류의 작품에 나타나며 특정한 형식에 얽매이지 않고 등장한 글쓰기 방식으로 볼 수도 있다. 일부 고대 텍스트에서도 다른 양식과 섞여 사실주의적 글쓰기의 흔적을 발견할 수 있으며, 현대의 판타지와 과학소설에서도 나타날 수 있다. 모더니즘의 유사한 선구작들도 존재한다. 또한 사실주의는 소설에만 국한되지 않는다. 로마 시인 호라티우스는 예술가들에게 "인간의 삶과 풍속을 의식 있는 모방자로 삼아 그곳에서 생동감 있는 말을 추출하라"고 권한다.[14] 그의 주장에 따르면 시인들은 자신의 창작물을 보편적으로 인정받는 것을 기반으로 설정해야 한다.

따라서 사실주의는 산문이나 근대 시기에 전혀 국한되지 않는다. 우리는 초서의 《캔터베리 이야기Canterbury Tales》, 워즈워스의 〈마이클Michael〉, 또는 테니슨의 〈이노크 아덴 Enoch Arden〉과 같은 사실주의 시에 대해 이야기할 수 있다. 형식을 꼬집어 말하기 어렵다면, 그 이유 중 일부는 문화에 따라 사실주의자로 간주되는 것이 달라지기 때문일 수 있다. 예를 들어 우리가 어떤 고대 문명의 문학 작품을 우연히 발견한다면, 그곳에서 주근깨가 있는 자녀를 가진 부부들이 조류가 밀려오는 해변에서 목까지 묻혀 있다는 풍경을 묘사한다면, 처음에는 어떤 이상한 이상주의 작품으로 간주할지도 모른다. 그러나 추가 인류학적 연구가 해당 사회에서 실제로 그런 형벌을 가했음을 밝혀내면, 그 텍스트를 사실주의적 작품으로 재분류할 수밖에 없을 것이다. 심지어 같은 문화 내에서도, 로만 야콥슨이 우리에게 상기시키듯이, 작가가 사실주의로 의도한 작품이 독자에게는 같은 방식으로 받아들여지지 않을 수 있다.[15] 그 반대도 가능하다. 스위프트의 《걸리버 여행기》를 읽다가 이야기의 내용을 하나도 믿지 않겠다며 성급하게 책을 불 속에 던진 18세기 주교(실제 일화지만 추기경의 이름은 알려지지 않았다)는 사실주의적 시각을 통해 비사실주의 작품을 읽고 있었던 것이다.

따라서 예술 작품을 단순히 살펴보는 것만으로 어떤 예술 작품이 사실적인지 여부를 항상 알 수 있는 것은 아니다. 그것을 생산한 사회의 관습과 신념에 대해 더 많이 알아야 할 수도 있다─눈에 띄지 않는 것, 약간 있을 법하지 않은 것, 완전히 환상적인 것 등으로 간주되는 것, 예술이 표현하는 것이 적절하다고 간주되는 것이 무엇인지 아는 것도 가치가 있을 것이다. 《리어왕*King Lear*》에서 코르델리아의 죽음을 보고 낄낄거리면서 극장을 나오는 사람은 우리와 다른 문화 규범하에서 행동할 수 있다. 아마 그들은 무대에서 죽음을 제시하는 것이 너무 어울리지 않아서 놀라워하여 웃음을 터뜨리는 문화에서 왔을지도 모른다. 이런 의미에서 사실주의는 대부분 문학적 텍스트와 그 사회적 맥락 간의 관계의 기능이며 본질적인 특징의 집합이 아니다. '대부분'이라고 말한 이유는 모든 문명이 각각 팔다리를 가지고 있는 예술 작품을 어떻게 사실주의적인 것으로 간주할 수 있는지 이해하기 어렵기 때문이다. 그럼에도 불구하고, 우리 문명이 미래에 충분히 격동적인 변화를 겪게 된다면, SF에서 일어나는 많은 일들이 런던 이스트엔드 지역에 사는 사람들의 평범한 이야기를 그린 드라마 《이스트 엔더스*East Enders*》만큼 실제적인 것으로 판명될 수도 있다.

사실주의는 물질세계에 충실하거나 물질세계를 경험하는 방식에 충실하는 것을 의미할 수 있다. 제임스 조이스의 《율리시스*Ulysses*》에 나오는 레오폴드 블룸Leopold Bloom의 내면 독백이나 버지니아 울프Virginia Woolf의 《댈러웨이 부인*Mrs. Dalloway*》에 나오는 댈러웨이 부인의 몽상이 그러하듯 우리는 퐁피두 센터의 배관을 묘사하는 것과 똑같은 타당성으로 내면의 복잡한 움직임을 도표화할 수 있다. 이미 많이 논의된 바 있는 '현대 소설Modern Fiction'이란 에세이에서 울프는 분명히 자신의 작품이 기계적이고 표면적인 것으로 간주되는 아널드 베넷Arnold Bennett, 웰스H.G. Wells, 존 갈스워시John Galsworthy와 같은 사실적이고 평범한 작가들의 작품보다 더 사실적이라고 생각한다.[16] 이 관점에서 줄거리, 개연성, 신뢰할 수 있는 등장인물들과 나머지 사실적인 요소는 여성과 남성에 대한 외부가 아닌 내부에 있는 실제 진실을 방해하는 요소이다. 울프의 실재는 본질적으로 심리적인 반면, 마르셀 프루스트의 경우 주관적인 인상이 진실의 기준이다.

그러나 내부 세계와 외부 세계 사이의 이러한 대립은 해체의 시기가 무르익었다는 점에 주목할 수 있다. 주관성 자체는 타인 및 세상과의 관계로 구성된다. 우리는 특정한 동물 종류에 속하는 '인간'으로 태어난다. 그러나 '개인'이 되려면 다른 사람들과의 교류를 통해 지나야 하는 과정이 있다. 어찌 되었건, 물질적 실재는 인간 의식의 '외부'적이라는 의미에서 무엇인가? 형제나 치즈 샌드위치가 우리에게 '외부'라고 하는 것인가? 단순히 그들이 우리 자신과 별개의 존재라는 것을 의미하는 것이 아닌가? 나 자신을 무형의 영혼으로 생각하고 몸속 깊은 곳에서 주변을 다른 것으로 바라보는 것으로 생각한다면 '외부'적인 실재라고 말할 수 있을 것이다. 만일 자신을 세계와 묶여 있는 주체로 생각한다면 의미가 덜할 것이다. 사색적인 정신만이 손목시계나 할머니를 '저 밖에 있는' 것으로 경험할 가능성이 높다.

울프의 견해에 따르면 감정과 감각의 영역은 쓰레기 수거나 가구 목록과 같은 일상적인 보고서보다 사실적이라고 볼 수 있다. 일반적으로 심리학이라고 부를 수 있는 것은 쓰레기 수거 및 주차 딱지라는 평범한 영역보다 더 깊은 영역이다. 이것은 환경이 꽤 불쾌한 도시 및 산업 사회에서 특히 대중적인 신념 중 하나다. 의심할 바 없이 그것은 호머나 괴테에게는 놀랄 일이었을 것이다. 그러나 심리학은 정신분석에 의해 약화되었다. 정신분석 이론에 따르면 사실은 일상의 의식과 동일하지 않다. 단순히 내면으로 돌아서는 것만으로는 실제가 무엇인지 파악할 수 없다. 오히려 실재계는 인간의 욕망, 특히 프로이트가 죽음 충동이라고 명명한 망각에 대한 무의식적 욕망이다. 그것은 일상적인 의미의 질서를 깨뜨리는 무자비하게 비인간적인 힘으로서, 일상생활이라고 부르는 것을 만들기 위해 우리가 어떤 종류의 환상으로 메꾸는 심각한 결핍이나 비존재이다. 여기에는 인간 의식의 흐름도 포함된다. 이 관습적인 세계의 기능은 사실을 드러내기보다 가리는 것이다. 욕망은 절대적이고 무조건적이기 때문에 어떤 실제 객체로도 만족시킬 수 없으며, 그 요구는 노골적으로 비현실적이다.

이와 같은 경우가 셰익스피어의 '오델로'에 해당한다. 오델로는 병적인 성적 질투에 빠져 있어서 일상의 현실이 텅 빈 상태로 느껴지는 존재론적 위기에 빠진다. 그것은 비존재의 무서운 심연을 감추고 있는 일련의 허술한 표면이 된다. 문제의 공허함은 문자 그대로 아무것도 아니다. 왜냐하면 오델로의 배우자 데스데모나는 실제로 그에게 불충실한 것이 아니었기 때문이다. 그러나 주인공 안에서 이 부정적인 것은 현실로 실체화되어 익숙한 것의 위선을 드러내면서 편집증적이라 할 정도로 부풀어 오른다. 《겨울 이야기The Winter's Tale》의 레온테스Leontes도 오델로만큼 아내를 맹렬히 불신하며 비슷한 감정을 느낀다.

속삭이는 것은 아무것도 아닌가?

뺨을 맞대고 기대는 것은 아무것도 아닌가? 코를 맞대는 것
은 아무것도 아닌가?

입안으로 입 맞추는 것은 아무것도 아닌가?

그렇다면 세상과 그 안에 있는 모든 것은 아무것도 아니며,

하늘은 아무것도 아니며, 보헤미아도 아무것도 아니며,

내 아내도 아무것도 아니며, 이 아무것도 아닌 것들도 아무것
도 아닌 것이다.

이게 아무것도 아니라면.

(제1막 장면 2)

　　일상생활 밑에 도사리고 있는 공포를 노골적으로 부정하
는 일은 하찮지만 아주 많이 일어나는 일상적 현상이다. 일
상의 현실에는 오델로와 레온테스를 굴복시킨, 끔찍한 공허
함을 엿볼 수 있는 균열이나 결함이 있다. 그러한 편집증적
인 질투에 시달리는 사람들에게 세상은 의미가 고갈되고 의
미가 너무 가득 차서 너무 두껍게 코드화되고 지나치게 의미
가 있어서 사소한 말이나 몸짓도 강박적으로 과도하게 해석
되기 쉽다.

　　그리고 정신분석 이론에 따르면, 대실재the Real는 본질적
으로 환상적이다. 정말로, 우리가 그에 접근하는 주요한 방
법은 꿈이라 불리는 일상적인 환상들을 통해서이다. 정신분

석은 아이의 장갑과 낚시도구의 세계에는 별다른 신뢰를 두지 않는다. 이 이론의 관점에서 진실은 기이하고 기묘하며, 실용주의자와 상식주의자들에게는 모욕적이다. 정신분석은 진실을 '무의식'이라 불리는 일상적인 존재와는 거리가 먼 비현실적인 장소에 위치시킨다. 물론 공통적인 사실이 존재하지만, 우리는 이를 힘을 사용하여 처리할 수 있다고 여긴다. 프로이트가 사실 원칙이라 부르는 것은 사납게 날뛰는 쾌락 원칙을 억제함으로써 자아를 위한 안정된 환경을 창출한다고 말한다. 그리고 이러한 억제가 필수적인 이유는 바로 일의 필요성 때문이라고 그는 제시한다.[17] 그렇지 않으면 우리는 하루종일 다양한 쾌락의 자세로 느긋하게 어슬렁거리기만 할 것이다. 프로이트의 시각에 따르면 일반적인 세계는 매우 즐거운 곳이 아니다. 어떤 면에서는 인간에게 자연스럽지 않다. 우리에게 자연스러운 것은 어떤 매혹적인 나른함이다. 우리는 바닷속에서 물고기가 헤엄치는 것처럼 관습적인 세계에 살지만, 실제로 그곳은 우리의 영역이 아니다.

2. 사실주의, 현실, 묘사

　지금까지 우리는 사실주의 철학자들에게 세계는 우리의 설명과 무관하다는 것을 살펴보았다. 이와는 달리 반사실주의자들에게는 우리가 진실이라고 받아들이는 설명이 바로 '세계'를 의미할 뿐이다. 이러한 맥락에서 문학적 사실주의를 살펴보면, 문학적 사실주의는 특히 역설적인 것으로 드러난다. 사실주의 소설은 그 자체로 독립적으로 존재하는 인물과 사건을 묘사하는 것처럼 보인다. 우리는 데이비드 카퍼필드가 실제 모험을 겪고 있는 실제 인물이라고 믿어야 한다.[18] 이런 의미에서 문학적 사실주의는 철학자들의 사실주의와 유사하다. 또한 사실주의는 우리가 말해야 하는 어떤 것으로도 환원될 수 없는 사실 세계를 상정한다. 그러나 그 형태는 사실 환상이다. 제발트W.G. Sebald 소설에 나오는 첫 문장인 "1960년대 후반에 나는 영국에서 벨기에까지 반복해서 여행했다"는 말은 실제 사건 상황을 대변해야 하지만 독자는 그렇지 않다는 것을 알고 있다. 비록 저자가 실제로 1960년대에 영국에서 벨기에로 여행을 반복했다고 하더라도 그 사실은 그가 여기서 하고 있는 일과 관련이 없다. 제발트의 문장은 그것이 사실이든 거짓이든 그가 구성하고 있는 허구 세계의 일부다. 우리는 이것이 소설이라는 것을 알고 있기 때문에 비록 작가의 대륙 여행에 우연히 동행했다 하더라도 그 발언을 자서전적 정보의 일부로 받아들이지 말아야 함을 알고 있는 것이다. 비록 누군가는 작가가 실제로 자신이 쓴 것을 경험한 경우, 그렇지 않은 작가보다 더 진정성 있게 보일 것이라고 반론할 수 있겠지만, 《맥베스》는 작가인 셰익스피어 자신이 세 명의 마녀를 만나거나 아내가 미쳐 가는 것을 지켜본 일이 의심스러운 경우에도 마음을 사로잡는 드라마이다. 반대로 실제로 경험한 사건에 대해 믿기 어렵게 쓰는 작가들도 많이 있다.

그러므로 소설의 세계는 묘사와 별개로 존재하는 것이 아니다. 소설은 단순히 그 모든 묘사와 제안을 종합한 것일 뿐이다. 소설은 자신에게 명백한 '외부'를 투사하지만, 이는 내부 작동 모드에 의해서만 가능하다. 맨스필드 파크나 보물섬은 소설 제목으로 이 소설들이 알려 주는 것과 구분되는, 실제로 존재하는 맨스필드 파크나 보물섬은 없다. 이 소설들은 순전히 그것을 구성하는 언어로 존재한다. 사실주의의 비결은 그들의 존재가 언어와 무관하게 보이도록 만드는 것이다. 표현된 것과 그것이 표현되는 방식 사이에는 실제적인 균열이 없다.

아이러니하게도 문학적 사실주의는 어떤 면에서는 철학자들이 반사실주의라고 부르는 것과 가깝다. 우리가 본 것처럼 반사실주의자들에게 있어서 세상은 그것에 대한 우리의 설명으로 귀결된다. 이는 복제하는 것처럼 보이는 바로 그 사실을 생산하는 사실주의 소설에도 해당된다. 있는 그대로 전달해 무엇보다도 존경받는 문학적 형식은 사실 교묘한 속임수다. 아니면 '이것이 사실이 아니란 것을 알지만, 일단 그렇다고 가정해 봐'라는 암묵적인 지시가 있지는 않지만 적어도 그렇다고 여기고 읽는 것이다.

따라서 사실주의 작품을 읽는 것은 일종의 인지 부조화를 수반한다. 우리는 그것이 조작되었다는 것을 알면서도 그 사실에 동의한다. 우리는 캐서린과 히스클리프가 개별적으로 실제로 존재하지 않으며, 일련의 페이지 위에 있는 검은색 표시 패턴에 불과하다는 것을 알고 있다. 하지만 이러한 표시는 두 사람이 제작 중인 허상이 아니라 《폭풍의 언덕》이 대표하는 실제 인물인 것처럼 보이도록 구성되어 있다. 사실주의는 모방적이다. 왜냐하면 그것이 일상 세계에 대한 거울을 비추는 것처럼 보이기 때문이다. 그러나 그것은 또한 비모방적이다. 왜냐하면 우리가 이 거울에서 보는 것은 우리자신의 발명품이기 때문이다. 일부 빅토리아 시대 소설에서는 등장인물의 독립적인 존재가 책의 마지막 문단 이상으로 계속 이어지는 것 같다. (아직 태어나지 않은 그들의 자녀들은 그들의 희생을 감사한 마음으로 생각할 것이며, 그들의 기억을 존경으로 기리며 자신의 자녀들에게 그들의 이름을 붙이는 것으로 그들에게 예찬을 표할 것이다.) 소설의 끝을 넘어서 바라보면, 그것이 소설이라는 사실을 결국 무시할 수 있다.

이 관점에서 사실주의는 마술사가 팔뚝만 피투성이로 톱질하는 것처럼 보이듯이, 자신의 기교를 부정함으로써 성공한다. 프레드릭 제임슨은 그러한 작품이 "애초에 (그들 자신을) 허구로서의 성격을 강박적으로 취소하려고 노력한다"고 주장한다.[19] 기 드 모파상은 "사실주의 작가는 그 계획을 인지하고 표시하는 것이 불가능하고 의도를 밝히는 것이 불가능할 정도로 명백한 단순성을 사용한다"고 쓴다.[20] 이와는 달리, 일부 모더니즘 예술 작품은 의도적으로 자신의 '구성된' 성격에 주의를 기울이며, 이는 이러한 작품들이 사실주의의 악의라고 보는 것을 피하기 위한 것이다. 사실주의 글쓰기는 예술을 은폐하는 예술의 사례인 것처럼 보이며, 이것이 속물에게 특별한 호소력을 갖는 이유 중 하나이다. 일반적으로 예술에 대해 별로 생각하지 않는 사람들은 예술과 거의 같지 않은 형태의 예술을 가장 편안하다고 느낄 것이다. (유머 감각이 부족한 사람은 그 반대로, 그들은 희극, 슬랩스틱, 굿 클린 펀good clean fun과 같은 광범위한 형태의 유머만 감상하는 경향이 있다.) 사실주의는 문학예술 중 가장 비문학적이다. 이 역설은 최초의 위대한 사실주의 소설 중 하나인 《돈키호테》의 바탕을 이루고 있다. 사실주의는 목가적이고 서정적인 비가보다 더 세속적이고 물질주의적인 경향이 있다.

현실을 탐구하는 방식으로서 사실주의는 문학 형식 중 가장 인지적인 형식이기도 하다. 단순히 세상을 묘사하는 것이 아니라 세상에 대한 복잡한 지식을 제공한다. 사실주의가 속임수라면 어떻게 그렇게 될 수 있는가? 실제 상황을 표현한 것은 아니나, 묘사하는 상황은 일상생활에서 끌어낸 것이다. 사실주의는 일상에서 찾을 수 없는 것을 제시하는데, 이는 〈바다코끼리와 목수〉(C.W. 루이스의 《이상한 나라의 앨리스》에 나오는 시)나 〈테디 베어들의 소풍〉(영국 동요)과 같은 훌륭한 판타지 작품에는 해당되지 않는다.

이 주장에는 분명한 반대 의견이 있다. 사실주의 소설은 때때로 호레이쇼 넬슨Horatio Nelson이나 예카테리나 2세 Catherine the Great과 같은 실제 인물을 우리에게 소개하지 않는가? 예를 들어 소피아는 불가리아의 수도이고, 엘리자베스 시대의 런던은 천국의 냄새가 났고, 클립은 노르웨이인이 발명했다는 사실을 우리에게 알려 준다. 이와 같은 사실은 사실주의 글쓰기에서 실제로 나타날 수 있지만 정확하게 정보로 나타나는 것은 아니다. 소설은 단지 위장된 형태의 기록이 아니다. 소설이 우리에게 몇 가지 경험적 진실을 제공한다고 해도 그 자체로 목적이 되는 것은 아니다. 그러한 단편적 사실의 기능은 오히려 본다는 소설의 전체적인 방식에 기여하는 것이다. 우리는 소피아가 불가리아의 수도라는 것을 알게 되는데, 왜냐하면 이곳은 주인공이 체포를 피하기 위해 도망친 곳이기 때문이다. 사실들은 경험적이라기보다는 도덕적인 진리의 이름으로 선택되고 적용되며 조합된다.

  '록은 가능한 한 빨리 달렸다'와 같은 명제는 그것이 사실이든 허구이든 관계없이 사건의 상태를 나타낸다. 이것은 '이 악마같은 꼬마 녀석!' 또는 '여보게, 어떻게 지내나?'와 같은 아무것도 나타내지 않는 진술의 경우에는 해당되지 않는다. 또한 어떤 언어적 표현들은 현실의 특정한 일부를 '반영하거나', '표현하거나', 또는 '일치한다'고 말하기도 한다. 이러한 용어들은 모두 은유적이며, 그것들이 얼마나 밝혀내는지에 대해서는 논쟁의 여지가 있다. 예를 들어, '죄책감'이라는 단어가 특정한 마음의 상태를 나타내도록 하는 사회적 통념이 있을 수 있지만, 이것을 반영이나 묘사로 보는 것은 특별히 도움이 되지 않는다.

우리는 때때로 언어가 사실을 나타낸다고 말하지만, 이는 오해를 불러일으킬 수 있다. 이 말은 우리가 단어나 개념을 사물의 이미지로 보도록 유혹할 수 있다. 그러나 개념을 정신적인 어떤 이미지로 그린다는 것은 그다지 좋은 생각이 아니다. 우리가 '아마도' 또는 '통일주의'라는 단어를 듣는다면, 어떤 그림을 마음으로 그려 내는가? '도자기'라는 단어는 흰색의 유리화된 반투명 세라믹 물체를 나타낸다고 말할 수 있지만, '어쩌면', '안녕!', '턱도 없어!'와 같은 단어는 무엇을 의미하는가? '문어'라는 단어의 의미를 아는 것은 머릿속에 문어의 이미지를 갖는 것과 관련이 있는가? '아직 외교협상이 진행 중'이라는 마음은 어떤가? 사실 우리는 일반적으로 정신적 이미지가 전혀 없이 언어를 이해한다. 개념은 단어를 사용하는 방식이지, 대상을 반영하는 것이 아니다. 의미는 사회적 실천이지, 애초에 우리 머릿속의 과정이 아니다. 동료 영어 사용자와 거의 같은 방식으로 '꽃자루가 있는pedunculate'라는 단어를 사용할 수 있다면 그 개념을 갖게 된 것이다. 그리고 'pedunculate'의 올바른 개념을 갖는 것은 단순히 그것이 무엇을 의미하는지 아는 것이다.

사물의 경우에도 묘사는 단순한 일이 아니다. 젤리 빈 다발을 가리키며 '젤리 빈!'이라고 외치는 방식으로는 아주 어린 아이에게 언어를 가르칠 수 없다. 과자와 소리 사이에는 뚜렷한 연관성이 없다. 어쨌든, '젤리 빈!'은 '이건 독성이 있다' 또는 '오렌지색은 나에게 맡겨라'를 의미할 수 있다. 아이는 이미 지시 연습을 시작해야 할 것이다. 가리키는 손가락이 무엇인가를 골라내기 위한 것임을 알아야 할 것이다. 또한 명명 개념도 필요하다. '젤리 빈'은 달콤한 것의 이름 (크기나 색상이 아니라)이라는 점을 인식해야 한다. 이 이름을 안다는 것은 단지 이 특정 항목만이 아니라 사물의 전체 종류를 의미한다는 것이다. 누군가가 뭔가를 가르치려고 한다는 것을 이해하는 것이다. 하나가 다른 것을 묘사하려면 많은 무대 설정이 필요하다. 어떤 초상화가 토머스 제퍼슨과 닮았다고 인식하려면 캔버스 위의 물질 구성이 어떻게 실제 개인을 '묘사'할 수 있는지 파악하는 것이 필요하다. 이 경우 적어도 묘사와 그것이 지시하는 것 사이에는 시각적 유사성이 있지만 항상 그런 것은 아니다. 국회의원이 자신이 대표하는 유권자와 닮지 않은 것처럼 '거북이'라는 단어는 거북이처럼 보이지 않는다.

사람과 상황이 묘사될 수 있다는 사실—즉 현실이 재현될 수 있다는 것—아마도 너무 쉽게 당연하게 받아들여질 것이다. "세상이 사람이 살지 않는 공허가 될 때까지 거울에 이미지가 있을 것이다"[21]라는 헨리 제임스의 주장에도 불구하고, 누군가는 이것이 사실이 아닌 우주, 즉 드라큘라의 거울처럼 비어 있는 우주를 희미하게 상상할 수도 있다. 마치 물감이나 인쇄물로 포착할 수 있다는 사실이 사물의 고유한 속성인 듯하다. 실재란 재현될 수 있는 것이다. 그러나 실재 묘사가 완전히 불가능한 것처럼 보이는 경우도 있다. 이것이 제임스의 단편소설 〈더 리얼 씽The Real Thing〉의 주제이다. 이 소설은 매우 존경받는 부부였던 모나크 소령과 그의 아내가 경제적 문제로 화가에게 자신들을 모델로 제안하는 이야기를 담고 있다.[22] 화가는 아무리 노력해도 화폭에 부부를 생생하게 표현할 수 없다는 것을 깨닫고 그들을 해고할 수밖에 없게 된다. 그가 직면한 문제는 두 가지이다. 우선, 그 부부는 너무나 전형적인 고상한 모습이어서 이미 그림처럼 보인다. 화가는 다소 악의적으로 까다로운 모나크 부인에 대해 "그녀는 나쁜 삽화와 특별히 닮았다"고 평을 한다. 그들은 어떤 상류 사회 잡지의 페이지에서 나온 것처럼 보이는 인물들이다. 그들은 "모든 관례와 특허받은 가죽"[23]으로 구성되어 있으며 정교한 예의에 너무도 굳게 묶여 있어 예술적 상상력을 일깨우지 못한다. 그들은 자신들의 스테레오 타입처럼 보여서 실제로는 너무 완벽해서 진짜 같지 않다. 반면에 진짜는 흐린, 어떤 흠이 있는 느낌을 가지고 있다. 진짜는 불완전하기에 식별될 수 있다. 제임스 자신은 여러 해 동안 영국 영주권을 받았던 적이 있는데, 영국 상류 사회의 격식 있고 정형화한 방식이 예술 작품과 유사하다고 여겨 감동을 받았다. 그러나 그로 인해 영국 상류 사회는 화가가 묘사하기 어렵도록 하는 취약성을 가지게 되었던 것이다.

반면에 모나크 부부는 철두철미하게 진짜이기 때문에 묘사에 저항한다. 그들은 너무 무감각하여 시각적 표현에 쉽게 적응할 수 없는 것이다. 그들은 자신의 역할을 수행할 능력이 없는 이류 배우와 같다. 자기 자신이 되는 데는 대개 어느 정도의 연극이 필요하기 때문에 자신을 연기하는 일은 특이한 일이다. 소령은 "이제 당신이 그린 그림은 우리와 똑같아 보인다"며 열광하는 반면, 예술가는 정말 문제라고 후회하며 중얼거린다.[24] 너무 많은 사실은 사실주의에 해로울 수 있다. 창의적인 마음이 붙잡을 수 있는 것은 아무것도 남지 않기 때문이다. 따라서 소령과 그의 아내는 스튜디오에서 예술가의 이젤로 신비한 도약을 하기에는 너무 실질적이면서도 충분히 실질적이지 않다. 그들은 순전히 사회적 관습에 따라 만들어진 것처럼 보이므로 진정성이 없는 것처럼 보이는 것이다. 달리 말하면 이러한 사회적 관습은 너무 엄격해서 예측할 수 있으므로, 거기에는 상상으로 추측할 수 있는 여지가 전혀 없다. 어느 쪽이든 예술가는 발판을 찾을 수 없다.

화자가 스케치하는 데 익숙한 것은 사물 자체가 아니라 사물이 스스로 이미지가 되는 능력이다. 또는 누군가 또는 다른 것의 이미지다. 또 다른 모델은 젊은 여성 미스 첨으로, 그녀는 노동자 계급의 런던 시민으로서 양치기부터 러시아 공주까지 어떤 역할도 할 수 있지만 모나크 부부에게는 재앙적일 정도로 이런 능력이 부족하다. 모나크 대령이 이 '주근깨투성이의 런던 여성'이 귀족으로 표현될 만큼 충분히 닮았는지 의심하자, 작가는 자신이 만들면 그렇게 할 것이라고 대답한다. '호기심 많고 설명할 수 없는 모방 재능'[25]을 지닌 미스 첨은 역할을 무한히 '만들 수 있는' 반면, 모나크 부부는 역할을 해내기가 너무 어려워 좌절한다.

이러한 대조에는 사회적 측면이 있다. 변변치 않은 평민에 불과한 미스 첨은 그녀 자신으로는 아무것도 아닌 것처럼 보이지만, 바로 그 이유 때문에 무엇이든 변신할 수 있는 재주가 있다. 반면에 모나크 부부는 사회적 의미에서 진짜 존재, 즉 가짜 젠트리가 아닌 진정한 젠트리이기 때문에 자신 이외의 다른 것이 되는 것이 존엄성에 어긋난다고 생각할 수도 있다. 작가는 모나크 부인을 관찰하면서 '그녀는 진짜지만 항상 똑같다'고 생각한다.[26] 마침내 화가의 작업실에서 해고당한, 이 고집스러운 묘사할 수 없는 부부는 "사실인 것이 비사실적인 것보다 훨씬 덜 귀중할 수 있는 역겨운 도덕적 법칙에 경탄하며 머리를 숙인다."[27] 말하자면 그들의 실수는 그들이 정확하게 사실주의자라는 것이 아니라 순진한 사실주의자라는 것이다. 그들은 예술을 단순히 사실을 반영하는 거울로 본다. 늙어 가는 난봉꾼의 가장 좋은 모델은 늙어 가는 난봉꾼이라는 것이다. 이 생각은 예술이 상상으로 사물을 변형시켜서만 사물을 있는 그대로 재현한다는 사실을 간과한다. 예술은 사물을 일상생활에서 나타나는 것보다 훨씬 더 사실적으로 보이게 만들 수 있다.

그러므로 환상의 혼합 없이는 사실주의가 있을 수 없다. 진실은 단순히 사실에 대한 충실성의 문제가 아니라 예술가가 자신의 원재료를 사용하여 무엇을 만드는가의 문제이다. 물론 단순히 무언가를 복사할 수도 있지만 그게 무슨 소용이 있겠는가? 바나나와 똑같이 생긴 바나나 스케치를 우리는 왜 환호로 맞이하는가? 아마도 물체를 그토록 충실하게 묘사하는 기술에 감사하기 때문일 것이다. 그러나 그러면 사실주의는 단순히 기술의 문제가 되어 그 중요성이 감소하게 된다.

어쨌든 작가가 작업하는 현실은 결코 날것 그대로가 아니다. 이 주장은 잠시 후에 다시 다룰 것이다. 고전적 사실주의의 임무는 단순히 현실에 자신의 변덕스러운 설계를 강요하는 것이 아니라 현실에 내재된 질서를 드러내는 것이다. 이일이 달성될 수 있다면 예술 작품은 멋질 뿐 아니라 사실적이기도 할 수 있다. 또는 보다 전통적인 용어로 표현하자면, 미와 진실을 함께 지닐 수 있다.

3. 허구, 반영, 가상

　현실 '재현'을 '반영'으로 대체해도 별로 도움이 되지 않는다. 비평가 피에르 마슈레Pierre Macherey는 레프 톨스토이에 대한 레닌의 논평을 쓰면서, 톨스토이의 작품이 1905년 러시아 혁명을 반영한다는 레닌의 주장에 동의한다.[28] 그러나 마슈레는 이러한 반영이 복잡한 문제이지 결코 세계를 있는 그대로 직접 반영하는 것은 아니라고 주장한다. 문학 작품이 어떤 의미에서 거울이라면 그것은 결함과 사각지대가 있는 거울이다. 사실, 그것들은 그들이 반영하지 않는 것, 즉 그들이 하는 일에 관한 배제와 왜곡이 있다. 거울에는 비춰지지도 않고 비춰질 수도 없는 것들이 있으며, 톨스토이의 경우에는 그가 의식할 수 없었던 사회의 어떤 모순들이 있었다. 그럼에도 불구하고, 거울은 우리에게 이러한 부재를 인식하게 하여 그 부재하는 것들이 희미하게나마 현존하게 된다. 마치 존재하지 않는 것을 더 명확히 볼 수 있게 해 주는 것과 같다. 또한 우리가 거울에서 보는 것이 일관된 전체를 형성해야 한다고 가정할 이유도 없다. 오히려 단편적이고 불일치할 수도 있다. 조지 엘리엇은 《아담 비드》에서 "거울에는 결함이 있는 것이 틀림없다. 윤곽이 가끔 일그러질 수도 있다. 반영은 희미하거나 혼란스럽다"고 말하면서 예술(또는 거울)이 항상 있는 그대로 말한다고 주장하는 순진한 사실주의를 비난했다. 거울은 우리에게 현실의 버전을 제공하지만, 거울 자체로는 포착할 수 없는 관점에서 제공한다. 우리에게는 이러한 관점이 보이지 않으므로, 의심의 여지가 없는 것으로 받아들이고 싶은 유혹을 받을 수도 있다. 그러나 거울로서의 예술이라는 개념을 복잡하게 만드는 과정에서 그 은유는 마슈레의 손에서 무너진다. 결점, 사각지대, 단편적인 이미지, 왜곡된 관점이 있는 거울은 머리를 빗을 때 가장 믿을 만한 도구는 아닌 듯하다.

문학 작품을 재현으로 보는 것은 작품들을 비물질화할 위험이 있다. 작품이 그 자체로 존재하기보다는 단순히 다른 것의 복사본으로 축소되는 것이다. 작품의 힘은 순전히 그것이 묘사하는 것에서 나온다. 작품의 진실은 작품 밖에 있다. 플라톤은 예술을 사물의 창백한 반영으로 여겼고, 결국 예술을 이념의 창백한 반영으로 느꼈으므로 예술을 의심했다. 이와 대조적으로 러시아 화가 카지미르 말레비치Kazimir Malevich 는 자신의 추상 캔버스가 프레임 외부의 이미지가 아니라 그 자체로 물질적 현상이기 때문에 사실주의라고 생각했다. 구성주의의 흔들의자는 흔들의자를 재현하지 않는다. 이 흔들의자는 현실의 한 조각이지 현실의 해석이 아니다. 다다이스트들이 빚어낸 이미지들, 장면들은 비재현적이다. 줄타기 곡예사나 공중그네 예술가도 마찬가지이다. 이러한 것들이 그들 자신을 묘사한다고 주장할 수도 있지만, 이것은 이상한 표현 방식이다. 도널드 트럼프가 원칙적으로 도널드 트럼프 처럼 보일 수 없는 유일한 사람인 반면, 다른 불운한 영혼들은 항상 그럴 수 있듯이, 물질적인 물체도 자신을 닮았다고 말할 수 없다. 루트비히 비트겐슈타인은 저서 《철학적 탐구》에서 사물이 그 자체와 동일하다는 것보다 더 쓸모없는 제안은 없다고 말한다. 이 평가에 따르면 가장 사실주의적인 종류의 예술은 전혀 아무것도 묘사하지 않는다. 작품이 물질세계나 감정의 '내면' 영역을 적게 반영하면 할수록 작품은 더욱 더 사실적이 되는 것이다. 예술은 자기 영역을 넘어서서 예속되지 않을 때만 자유롭다.

비사실주의 예술은 외부 세계에 순응해야 한다는 부담에서 벗어나 자신의 물질적 존재를 탐구하는 사업으로 전환할 수 있다. 또한 상상력을 더 자유롭게 풀어놓을 수 있다. 사진은 대리석으로 지어진 대성당을 보여 줄 수 있지만, 시나 소설은 전체가 대리석과 겨자로 지어진 대성당을 묘사할 수 있다. 비사실주의 소설 속 등장인물은 동시에 여섯 개의 서로 다른 장소에 있을 수 있는데, 현실의 삶에서 이런 일은 어디에서나 볼 수 있는 철학자 슬라보예 지젝Slavoj Žižek에게만 해당된다. 사실주의 작품은 작품이 실재 자체에 의해 보장된다고 가정하는 반면, 비사실주의 예술은 순전히 작품 그 자체로부터 그 권위를 끌어낸다. 그러나 자율성을 위해 지불하는 대가—불안, 고립, 자의성, 기능 장애—는 가혹하다.

재현은 예술과 실제 삶 양쪽 모두에서 시행되어 왔다. 현실을 재현할 수 있는 것은 특정한 규칙과 습득된 시각의 방식에 따라 다르며, 이는 시간과 장소에 따라 다양하다. 예컨대 미술 평론가 에른스트 곰브리치Ernst Gombrich는 이러한 사실을 담아내는 특정한 방식을 스타일이라고 부르며, 이는 그의 견해에 따르면 "작가가 자연을 충실히 표현하고 싶어도 규칙에 따라야 한다."[29] 노스럽 프라이Northrop Frye는 "대중이 (회화에) 물건과 닮기를 요구할 때, 일반적으로 정확히 반대인, 익숙한 화풍과 닮기를 원하는 것"이라고 표현한다.[30] 사실주의 소설은 예컨대 페트라르칸 소네트(14행 1연으로 이루어진 소네트)보다는 적은 규칙에 따라 만들어지며, 이러한 규칙은 대부분의 다른 예술 작품보다는 덜 눈에 띈다. 사실 소설은 규칙이 없는 형식으로 묘사되기도 한다. 소설이 더 진화함에 따라 다룰 수 있는 사회적 및 예술적 제약이 줄어들어 우리 시대에는 사실상 아무것이나 다 다룰 수 있게 되었다.

그럼에도 불구하고, 상상 속의 전체 프로세스는 우리가 배워야 하는 관행이다. 사실주의 소설을 열면 "이러한 사건들은 대부분 허구지만, 그것들이 실제인 것처럼 믿어야 한다. 하지만 실제로 그것들이 진짜인 것처럼 믿으면 안 된다"; "익명의 화자가 이 모든 것을 어떻게 알게 되었는지 궁금해해서는 안 된다"; "이것이 실제 삶에서 일어났는지에 대해 걱정할 필요가 없다. 마치 '이로서 끝'이라고 쓰여진 공지와 같은 것처럼 이 텍스트를 읽은 결과로서 실제로 무언가를 실천할 것으로 기대되지 않는다"; "당신은 이 텍스트가 특정한 내러티브로서만 아니라 어떤 면에서는 더 일반적인 진리를 설명하는 것으로 받아들이도록 요청받았다"와 기타 등등의 복잡한 문학 규범 집합이 자동으로 작동한다. 이러한 암묵적인 지시 사항이 없다면 어떻게 읽어 가야 할지 난감해질 것이다. 또한 우리는 읽을 것이 그 자체로는 관심을 끌지 못하는 어떤 기술의 산물임을 인정한다. 실제로, 우리는 그런 기술이 보이지 않음에 따라 소설이 사실 그 자체에 의해 쓰여졌다고 가정하기보다는 그러한 기술을 숨긴 재주와 재량에 감탄할 수 있다.

곰브리치가 말하는 스타일이나 어휘는 예술가가 특정 질문을 제기하면서도 다른 특정 질문을 배제할 수 있도록 한다. 예술가는 "현실의 '복제'를 시작하기 전에 어휘가 필요하다."[31] 그는 단지 눈을 뜨고 바라볼 수만은 없다. 이는 일상생활에서도 마찬가지이다. 우리는 언제나 어떤 설명이나 다른 설명을 따라가면서 그 아래에 있는 세상을 인식하며, 항상 어떤 설명으로든 세상을 인식한다. 보는 것에 대한 다양한 개념과 가정을 가져올 수 없다면 우리는 자신이 보는 것을 전혀 이해할 수 없는데, 그것들 중 주요 매체는 언어다. 작가가 글을 쓰거나 화가가 그림을 그릴 때 그들은 종종 무의식적으로 일련의 예술적 관습에 따라 재료를 형성한다. 이러한 관습은 다르게 쓰거나 그리는 것이 상상할 수 없을 정도로 강제적일 수 있다. 아주 많은 것이 널리 받아들여진다. 그러나 비교적 자주 강조되지 않는 것은 예술가가 형성하는 재료가 이미 의미 있게 구성되어 있다는 것이다. 세계에 대한 우리의 경험은 일부 모더니스트가 상상하는 것처럼 예술적 형식의 도입을 기다리는 혼란스러운 상황이 아니다. 현실은 예술가가 손을 대기 전에 이미 거칠지만 준비된 구조를 갖고 있으며, 그것이 예술가가 재현해야 하는 구조는 아니다. 예술가가 아닌 보통 사람들에게 다가오는 것과 마찬가지로 세계는 이미 세례를 받아 이름과 정체성을 부여받은 채로 예술가에게 온다. 그것은 다양한 방식으로 개념적으로 조각되어 있다. 의미의 그물망에 사로잡혀 있는 세상은 언제나 이미 중요하다. 레이첼 볼비Rachel Bowlby는 "우리의 실재는 이미 상당 부분 언어적으로나 시각적으로나 표현적"임을 상기시켜 준다.[32]

곰브리치가 스타일이라고 부르는 것은 당신이 듣고 있는 스웨덴어나 스와힐리어가 참인지 거짓인지 말할 수 없는 것과 마찬가지로 참인지 거짓인지 말할 수 없다. 언어는 참 또는 거짓 명제를 생성할 수 있지만 그 자체로는 참이거나 거짓일 수 없다. 곰브리치는 "묘사가 파란색이거나 녹색일 수 없는 것처럼 그림도 참이거나 거짓일 수 없다"고 말한다.[33] 그러나 여기에는 약간의 제한이 필요한데, 보는 방식은 그 자체로 참이거나 거짓이 아닐 수도 있지만, 참인 믿음과 가정이 포함될 수 있다. 그럼에도 불구하고 악수를 하거나, 문지기나 왕자에게 독백을 하거나, 동시에 무대에 정해진 수의 인물만 등장시키는 것은 참이고 거짓이 아니다. 악수는 도덕적 의미, 즉 누군가 이 용어를 위선적이거나 성실하지 않음을 의미하면서 사용하는 경우에만 거짓으로 설명될 수 있다. 모든 재현적 예술이 사실주의적인 것은 아니다. 예를 들어, 《신곡*The Divine Comedy*》이나 《모자 쓴 고양이*The Cat in the Hat*》(닥터 수스의 그림책) 등이 그렇다. 이와 같은 작품은 사람·장소·사건을 묘사하지만, 우리가 런던의 캄덴 하이스트리트 Camden High Street에서 접할 수 있는 종류는 아니다. 꿈·환상·환각은 의회 영지의 마약 밀매업자에 관한 소설만큼 표현적일 수 있다. 그것들은 어떤 의미에서는 실제이기도 하다. 정신병적 망상, 영원한 저주에 대한 환상, 또는 톰 크루즈가 광적인 미소를 지으며 침대 옆에 나타나는 악몽도 마찬가지이다. 톰 크루즈에 대한 악몽은 실제로 꿈을 꿀 수 있다는 점에서는 사실이지만, 그가 실제로 침대 끝에 앉아 있다는 점에서는 사실이 아니다. 미키 마우스는 특정 재료 기술의 산물이라는 점에서 실제이지만, 칼라미티 제인Calamity Jane(미 서부 개척 시대에 여성 총잡이였던 마사 제인 캐너리Martha Jane Cannary의 별명)과 같은 의미의 기술에서 본다면 그렇지 않다. (그러나 셜록 홈즈가 진짜 인물로, 그가 실제로 바이올린을 연주한다고 믿는 제정신인 일부 소설 이론가들이 있다. 그들은 또한 스타트랙에 등장하는 우주선 엔터프라이즈에 실제로 열 차단 장치가 있다고 믿는다.)

사실적 유형의 환상도 있다. 이런 환상은 원칙적으로 실제 생활에서 일어날 수 있는 환상(예를 들어 몽구스와 함께 침대에

누워 있다고 상상하는 것, 가능성은 낮지만 불가능하지는 않음)과 비현실적인 환상(당신이 빅토리아 여왕과 함께 침대에 있다고 상상하는 것)을 의미한다. 밋밋하고 일상적인 어법으로 기괴한 상상의 비약을 표현한 문학 작품도 있다. 프란츠 카프카Franz Kafka는 있을 법하지 않은 사건들에 동요되지 않고 냉정하고 경제적인 산문으로 기록한다. 그러한 예술을 사실주의 예술이라고 불러야 하는가, 아니면 이 예술은 모든 유용성을 넘어서는 용어를 확장하는 것인가? 친숙한 환경에서 조증적이거나 정신병적인 정신 상태를 묘사하는 도스토옙스키의 소설이나 고딕 판타지와 사실주의적 서사를 혼합한 브람 스토커의 《드라큘라》는 어떤가?

이러한 것들을 구별하는 일이 도움이 될 수 있다. 일부 문학예술은 형식 면에서는 사실주의적이지만 내용 면에서는 그렇지 않다. 기표의 사실성은 기의의 비사실성과 결합될 수 있다. 더 간단히 말하면 《걸리버 여행기》나 《동물 농장》처럼 노골적으로 비사실적인 상황에 대해 일상 언어를 사용할 수 있다. 또는 평범한 사건을 시적인 용어로 많이 묘사할 수도 있는데, 이 경우 기표의 비사실성은 기의의 사실성과 결합된다. 제임스 조이스의 《율리시스Ulysses》가 좋은 예이다. 귀스타브 플로베르의 소설도 마찬가지인데, 소설의 진부한 내용과 그것을 표현하는 까다로운 문체 사이에 아이러니한 차이가 있다.

그것은 마치 플로베르의 정교하게 자의식적인 글쓰기가 자신이 다루는 추악한 내용에서 벗어나 자신의 천박한 내러티브에 오염되기를 거부하는 것과 같다. 또한 언어와 내용 모두에서 비사실적인 셰익스피어의 《템페스트 *The Tempest*》와 같은 예술 작품뿐만 아니라 두 가지 의미에서 사실주의적인 어니스트 헤밍웨이의 《무기여 잘 있거라 *A Farewell to Arms*》와 같은 허구 텍스트도 있다. 아마도 '사실주의'라는 용어를 재현적일 뿐만 아니라 적어도 특정 시간과 장소에서 가능성의 경계 내에 있는 세계를 묘사하는 종류의 글쓰기로 제한하는 것이 더 나을 것이다. 이런 의미에서 사실주의는 단순히 사실이 무엇인지 제시하는 것이 아니라 원칙적으로 사실이 될 수 있는 것을 제시한다. 예를 들어 조지 클루니가 북한 스파이일 가능성도 있다. 미친 아내를 시골 저택의 위층에 수년 동안 가두는 것도 가능하다. 그러나 걸리버처럼 높이가 몇 인치에 불과한 인간형 생물 무리에 의해 땅에 묶여 있거나 늑대가 자신이 할머니라고 속이려고 하는 것은 불가능하다.

그렇다면, 넓게 말해서 사실주의는 진실성의 문제이다. 노스럽 프라이가 말했듯이 "기록된 내용이 알려진 것과 같을 때 우리는 확장되거나 암시된 직유의 기술을 갖게 된다."[34]

문제는 이것이 무엇으로 간주되는지 결정하는 일이다. 소설 속에서는 전혀 있을 법하지 않은 우연의 일치가 비현실적이라고 여겨지지만, 실제의 삶에서는 때때로 그런 일이 일어난다. 사실주의와 신화·민담을 혼합한 소설도 있다. 우리는 가브리엘 가르시아 마르케스Gabriel García Márquez와 같은 작가들의 마술적 사실주의를 생각한다. 우화와 환상이 눈에 띄게 사실주의적인 특징을 갖고 나란히 앉아 있다. 즉, 일상의 현실과 기이하거나 초자연적인 것 사이의 부조화로 이야기 전체가 기이할 정도로 꿈 같은 특성을 갖게 된다. '마술적 사실주의'는 매우 흥미로운 용어이다. 사실주의가 세상을 반영하는 것처럼 보인다면 마술은 또한 이중화, 모방 및 이상한 유사성에 의존하기 때문이다. 테네시 윌리엄스의 연극 《욕망이라는 이름의 전차A Streetcar Named Desire》에서 여주인공 블랑쉬 뒤부아Blanche Dubois는 "나는 사실주의를 원하지 않고 마술을 원한다!"고 외쳤지만, 이 두 가지는 그녀의 생각보다 더 친밀한 관계에 있을 수 있다.

4. 사실주의와 이데올로기

어떤 비평가는 사실주의가 독자에게 꾸밈이나 주관적인 왜곡이 없는 진짜 기사를 제공하는 것처럼 보이지만, 이것이 다소 골치 아픈 결과를 초래할 수 있다고 본다. 이런 종류의 허구는 사실 자체를 뒷받침하는 것으로 우리를 놀라게 할 수 있으며, 따라서 의심의 여지가 없는 것처럼 보이는 권위를 부여받을 수 있다. 이 일은 독자가 익명의 화자의 판단을 받아들일 수밖에 없는 전지적 서술의 경우 특히 그렇다. 또한 화자의 목소리가 등장인물 자체의 말보다 더 높은 순위를 차지하는 경우도 동일하다.[35] 사실주의는 항상 마지막으로 전지적 화자가 말을 하도록 설정한다. 그러나 일인칭 서술도 마찬가지로 권위가 있을 수 있다. 소설이 "나는 오랫동안 일찍 자려고 했다"라는 말로 시작한다면, 독자가 "빌어먹을 거짓말쟁이!", "누구를 속이려고 하는 거지?"라고 대답할 근거가 없다. 그 선언의 진실성이나 허위를 측정할 수 있는 방법이 아무것도 없기 때문에 그 선언을 받아들이는 것이다.

반면, 어떤 모더니스트 예술은 입체주의·몽타주·초현실주의 또는 베르톨트 브레히트의 연극과 같이 한 가지 방식의 시각과 다른 방식의 시각을 대조시킨다. 모더니스트 작품은 또한 자신의 한계에 주의를 환기시키며 자신의 기준틀 밖에 있는 진실을 지적하기도 한다. 그들은 자신들이 포착한 것보다 현실에 더 많은 것이 있다는 것을 암시할 수 있다. 시인이나 소설가들은 또한 논쟁의 여지가 없는 사실이 아니라는 것을 보여 주기 위해 자신의 언어를 농축시켜 이것이 예술의 재료라는 사실을 강조하기도 한다. 반면, 사실주의의 언어는 너무나도 선명하게 투명하기 때문에 우리는 사실 그 자체 앞에 있는 것처럼 느낀다. 우리에게 제공되는 것이 단지 가능한 한 버전일 뿐이라는 사실을 간과해야 하는 것처럼 느끼는 것이다. 이런 추정에 따르면, 사실주의는 자신이 제시하는 것을 '자연스럽게' 여기도록 만들며, 우리에게 그것을 자명한 것으로 취급하도록 설득한다. 예를 들어 주식 시장이나 심한 불평등과 같은 것들이 이 자리에 계속 남아 있을 것이라고 믿게끔 하는 것이 권력을 행사하는 자들의 이익에 부합할 수 있으므로, 이런 예술을 일종의 이데올로기로 한 형태로 볼 수 있다.

이 관점에서 이데올로기는 '당연한 일' 혹은 '물론'이라는 식으로 나타난다. 이런 방식은 대규모 실직을 햇볕처럼 불가피한 것처럼 보이게 만든다. 이 사례에 대한 고전적인 진술은 롤랑 바르트Roland Barthes의 작품에서 찾을 수 있는데, 그는 신화나 이데올로기가 사물을 실제보다 더 순진하게 보이게 만드는 것으로 간주한다. 그는 신화가 "(사물)에게 자연스럽고 영원한 정당화를 제공하며 설명이 아닌 사실 진술의 명확성을 제공한다"고 쓴다.[36] 바르트는 또 다른 곳에서 "사실주의의 글쓰기는 중립적이지 않으며, 오히려 가장 극적인 조작의 징후로 가득 차 있다."[37]고 주장한다. 이 관점을 공유하는 캐서린 벨시Catherine Belsey는 여러 면에서 '고전적 사실주의'에 이의를 제기한다. 그녀의 판단에 따르면 고전적 사실주의는 환상적이며 거짓으로 투명하며 모순에 눈이 멀고 진리(또는 포스트모더니스트들이 과장해서 말하는 '진리')가 문제가 없다고 확신한다. 벨시에 따르면 이러한 종류의 글쓰기는 질서와 안정성에 대한 필요성에 기인하며, 종결을 위한 추진 과정에서 다양한 해석을 차단한다고 주장한다. 재현은 대체로 정적인 것이기 때문에 사실주의는 유동적이고 자기모순적인 세계를 제시할 수 없다. 사실주의가 할 수 있는 일은 은밀하게 저항하는 현실에 가짜 견고성을 빌려주는 것뿐이다. 더욱이 일관성을 추구하면서 독자를 갈등과 편견으로부터 보호하는 데 도움이 된다. 그래서 비평가들은 내용 수준에서만 사실주의가 우리에게 투쟁과 모순을 안겨 줄 수 있다고 주장한다. 이 모든 혼란은 작품을 조화로운 전체로 통합하려는 형태의 통일성에 의해 억제된다.《오만과 편견》에는 상당한 적대감과 무질서가 있지만, 내러티브가 통일되어 있는 덕분에 대부분 받아들일 수 있다.

평자들은 사실주의가 미지의 것을 편안하고 친숙한 것으로 환원시키는 허구의 세계를 창조한다고 주장한다. 마치 우리가 거울에 비친 우리 자신의 모습을 충분히 볼 수 없는 것과 같다. 사실주의가 불러오는 효과 중의 하나는 현상 유지를 정당화할 뿐만 아니라 독자의 정체성을 불안하게 하기보다는 강화하는 것일 수 있다. 그러므로 이 관점에서 우리는 때로 내용이 급진적인 성격이 어떻든 간에 정치적으로 보수적인 형태를 다루고 있다. 사실에는 문제가 있을 수 있지만, 많은 모더니스트 작가들에게는 사실 자체가 문제가 되지 않는다. 프리드리히 니체가 이렇게 "보라, 지식에 대한 우리의 욕구는 바로 익숙한 것에 대한 욕구, 모든 것 속에서 더 이상 우리를 방해하지 않는 이상하고 특이하며 의심스러운 것을

찾아내려는 의지가 아닌가? 우리에게 알려고 하는 것은 두려움의 본능이 아닌가?"라고 쓴 것처럼.[38]

사실주의는 우리 주변 세계에 대한 우리의 한가하고 꺼지지 않는 호기심을 충족시키는 데 도움을 주는데, 우리가 대단한 순간이 일어날 가능성이 전혀 없다는 것을 알고 있음에도 불구하고(또는 심지어 그렇기 때문에) TV 연속극에 매료될 수도 있기 때문이다. 우리는 인간의 모습을 한 번도 본 적이 없는 사람처럼 카페 창밖으로 거리의 사람들을 매혹적으로 지켜보는 것이 가능하다. 결국 순전한 호기심 외에도 연속극에 이끌리는 것은 일어나고 있는 일 그 자체 때문이다. 즉, 눈 앞에 펼쳐지는 사건을 지켜보고 다음에 무슨 일이 일어날지 알아내고 싶은 만족할 줄 모르는 욕망이다. 우리는 갑작스러운 단절이나 극적인 위기를 경계할 수도 있다. 왜냐하면 사실이 예전과 같은 방식으로 계속해서 굴러갈 것이라는 우리의 확신을 약화시킬 위험이 있기 때문이다. 호기심은 우리가 사실주의 소설을 읽는 주된 이유 중 하나이다. 그건 거실을 떠나지 않고도 사람들을 관찰하는 형태다.

캐서린 벨시는 사실주의의 형식을 고소하는데 그 고소장은 워낙 길어서 유죄가 확정되면 영원히 폐기해야 할 정도다. 그러나 변호하기 위해 소송이 제기될 수 있다. 왜 이런 관행에 대한 항소는 보수적이어야 하고, 이를 방해하는 행위는 급진적이어야 하는가? 장애가 있는 아이들을 돌보는 일은 누군가에게는 충분히 일상적이다. 신자유주의 정부가 파괴하기 전에 석탄 채굴 공동체들은 영국 사람들에게 친숙한 사실이었다. 반대로, 미지의 것들이 — 전면적인 핵전쟁, 바다 밑에 가라앉은 방글라데시 — 항상 매력적인 전망은 아니다. 그리고 왜 받아들인 지혜를 포용하는 것보다 그것을 방해하는 것이 항상 더 나은가? 문제의 지혜에 인종 차별을 금지하는 것이 포함되어 있다면 어떻게 될까? 게다가, 정체성을 훼손하기보다는 강화해야 하는 사회 집단이 있지 않은가? 독자의 사회주의자 또는 페미니스트로서의 정체성에 의문을 제기할 뿐만 아니라 이를 잔인하게 전복시키는 예술 작품을 찬탄하는가?

일부 이데올로기가 문화 또는 역사적인 것을 '자연화'하여 불변적이고 불가피한 것처럼 보이게 만드는 것은 사실이다. 철학자 토머스 홉스Thomas Hobbes가 식민지를 대도시 국가의 '자녀'로 묘사한 것이 전형적인 예다. 이에 의하면 영국이 인도를 획득하는 것이 아기를 갖는 것처럼 자연스럽게 들리게 된다.[39] 그러나 모든 이데올로기가 이런 식으로 작동하는 것은 아니다. 동정녀 마리아의 무염시태에 대한 로마 가톨릭 교리는 이데올로기적이지만, 아주 이상한 지지자들만이 그 일을 자명한 것으로 간주할 것이다. 많은 사람이 군주제를 존경하지만, 독실한 왕족주의자라고 해도 군주가 있어야 한다고 상상하는 사람은 많지 않다. 그리고 그들 대부분은 이 때문에 무너지지 않는, 왕이나 여왕이 없는 사회가 있음을 안다. 여러분은 자유민주주의가 상당히 최근에 생겨난 것이라는 것과 정치적 삶을 조직하는 다른 방법들이 있다는 것을 완벽하게 인식하면서 자유민주주의에 전념할 수 있다. 이념은 역설적이게도 그 자체를 의식할 수도 있는데, 이념이 그저 당연한 것이라면 이 일은 불가능할 것이다. 예를 들면, "쁘띠 부르주아 명예의 노예가 되어 미안하지만 학위 수여식 동안 실제로 옷을 좀 입어주시겠습니까?" 따위가 그렇다. 진정한 자유주의자는 자신의 자유주의에 회의적일 수 있을 만큼 충분히 자유로울 수 있어야 한다. 소설가 포스터E.M. Forster처럼, 진정한 자유주의자는 자신의 관용과 개방적인 마음을 허락하는 물질적 특권을 인정해야 한다.

어쨌든 자연화 사례는 자연이 불변이라고 가정하는 것처럼 보이지만 이는 사실과 거리가 멀다. 토머스 하디의 소설 《귀향The Return of the Native》은 에그돈 히스Egdon Heath의 변함없는 풍경에 대한 설명으로 시작되는 것으로 잘 알려져 있는데, 산림 위원회Forestry Commission는 작가가 죽은 지 얼마 되지 않아 이곳에 처음부터 끝까지 나무를 심는다. 세상을 온통 아이러니한 시각으로 바라보았던 하디라면 분명히 그 사실을 즐겼으리라. 후에 이 우울한 장소로 다시 돌아와 거론할 것이다. 지금은 우리 인간의 필요에 맞춰 끊임없이 해킹당하는 시대에 자연을 정적인 것으로 간주하는 이상한 점을 지적하는 것만으로도 충분하다. 가부장제를 무너뜨리는 것보다 산을 옮기는 것이 훨씬 쉽다. 어쨌든 대부분의 포스트모던 사상가들이 그러하듯이 '자연스러운'이라는 단어를 순전히 경멸적인 의미로 사용하는 것을 조심해야 한다. 잠을 자고, 웃고, 다른 사람들과 함께 기뻐하고, 사랑하는 사람의 죽음을 슬퍼하는 일은 자연스럽다. 최근 일부 이론에서 나타나는 자연 혐오가 실제로 점진적인 자연 제거와 무관하지 않다는 점도 주목할 가치가 있다. 두 경우 모두 문화는 자연계에 대해 최고의 지배력을 행사한다. 즉 포스트모더니즘은 자연을 별로 신경 쓰지 않으며, 광산 산업도 마찬가지다.

자연은 급진적이고 심지어 혁명적인 아이디어일 수도 있다. 일부 18세기 계몽주의 사상가들은 자연을 이성의 개념과 마찬가지로 계급·특권·불평등에 맞서는 무기로 사용했다. 지금까지 출판된 가장 놀라운 베스트셀러 정치 논문 중 하나인 토머스 페인Thomas Paine의 《인간의 권리*The Rights of Man*》는 자연을 정확하게 이러한 의미로 사용한다. 자연에는 계급 차별이나 문화적 우월성이 없으며, 이는 인위적인 사회적 분열 행위와 반대일 수 있다. 자연은 인간 종의 다른 사람들과 공통적으로 공유하는 것으로 출생이나 양육의 우연보다 더 근본적이며, 그래야 한다. 차이의 개념이 정치적 천사들의 편에 항상 있는 것은 아니다. 주인을 제외하고 노예와 주인 사이의 차이를 찬양하는 사람은 아마 아무도 없을 것이다. 우리 시대에는 급진 정치의 한 형태가 된 약탈적 인류로부터 자연을 보호하는 것이 중요하다.

사실주의가 대안적 시선을 거부한다는 불평도 마찬가지로 의심스럽다. 페미니즘 소설 하나가 가부장적 세계관을 고취하지 못한다고 해서 질책받아야 하는 것인가? 다원주의와 의지 없는 자유주의 사이의 경계는 어디인가? 모든 금지는 악마화되어야 하는가? "성매매는 용납되어서는 안 된다", "유대인을 인간 이하로 여겼던 나치가 있었다"와 같은 진술의 진실성을 순전히 잠정적인 것으로 취급해서는 안 된다. 통일성과 안정성에 관해서라면, 합리적인 정도의 이러한 것들은 인간의 행복에 필수적이다. 단결은 획일적일 필요가 없으며 안정성은 침체와 동의어가 아니다. 모든 인간 존재에게는 어느 정도 방향 감각이 필요하며, 이는 새로운 것에도 불안한 것에도 동시에 열려 있어야 한다는 것이다. 포스트모던 비평가들은 정착하고 뿌리를 내린 사람들에 대해 회의적일 수 있지만, 목숨을 걸고 유럽으로 건너온 이민자들은 그럴 가능성이 없다. 게다가, 후기 자본주의 사회의 문제는 질서와 안정성이 너무 많은 것이 아니라 너무 적고, 시장은 끊임없이 동요하고 있으므로 잠시 머물러 잠을 자는 것이 불가능하다는 것이다.

이런 다소 감싸주는 경우에서와는 달리 아마 사실주의 소설의 독자들이 항상 속아 넘어가지는 않을지도 모른다. 사실주의는 관객들과 암묵적인 계약을 체결하고, 관객들은 그것의 주장에 대한 불신을 중단하기로 동의한다. 또한, 그들은 사실주의가 묘사하는 것에 잠정적으로 동의한다. 이것은 호빗들이 실제로 황혼에 정원을 가로질러 걸어간다고 믿는 것과는 다른 문제다. 새뮤얼 존슨은 연극을 보는 동안 관객들은 줄곧 자신들이 극장에 있다는 것을 인식하고 있으며, 사실주의 문학을 읽는 것도 마찬가지라고 말했다. 어쨌든, 소설이 인간에 대한 방어할 수 없는 관점을 당연하게 여긴다고 할지라도, 독자가 그것을 거부할 수 있는 여지는 항상 열려있다. 비사실주의 작품에 대한 관점은 아마도 그만큼 반론의 여지가 있을 것이다. 스탕달과 발자크에서부터 디킨스·하디·졸라·기싱까지 수많은 사실주의 소설들이 사실들을 길들여 전달하기보다는 사실의 버전을 받아들이는 데 도전한다.《더버빌가의 테스》와《리틀 도릿》같은 빅토리아 시대 영국의 급진적인 비판적 소설들이 사실주의적인 형식 때문에 비난을 받아야 하는가? 디포에서 도스토예프스키에 이르기까지 모든 것이 끔찍한 실수였을까?

프레드릭 제임슨은 사실주의를 "서구 문화를 가장 복잡하고 중요하게 실현한 것 중의 하나"라고 칭찬하면서도, "사실주의 소설 그 자체의 구조적이고 고유한 보수주의와 반정치성"에 대해 다소 장황하게 말하면서 다음과 같이 주장한다.[40]

존재론적 사실주의는 존재하는 것의 밀도와 견고성에 절대적으로 헌신하므로—심리와 감정·제도·사물 또는 공간의 영역에서든—이러한 것들이 변할 수 있으며 존재론적으로 불변하지 않는다는 암시가 어떤 것이건 그 형식의 본질 자체가 위협받을 수밖에 없다. 형식 자체의 선택 바로 그것이 현상 유지에 대한 전문적인 지지이며, 이 미학에 대한 견습 과정에서 충성을 맹세하는 것이다.

그는 사실주의가 "사회 현실의 견고함, 부르주아 사회의 역사와 사회 변화에 대한 저항에, 기득권과 존재론적인 측면에서 이득을 갖고 있다"고 말한다.[41] 사실주의 소설은 사회 변화를 요구할지도 모르지만 (이론에 따르면) 소설이 제시하는 세계의 순전한 견고함, 여기 그대로 남아 있을 것 같은 분위기는 이러한 요구를 약화하겠다고 위협한다. 한마디로 형식이 내용과 모순된다.

그러나 이 주장은 확실히 과장되어 있다. 우선, 혁명적 변화에 대한 저항이 변화에 대한 저항을 의미할 필요는 없다. 반대로 현실성과 가변성은 밀접하게 연결되어 있다. 미술사학자 클라크T.J. Clark는 폴 세잔에 관한 연구《이 사과들이 떨어져야 한다면If These Apples Should Fall》에서 삶에 충실하기 위해서는 그림은 상황이 어떠했을지에 대한 감각으로 가득 차 있어야 한다고 썼다. 중간계급 사회가 역사에 적대적이란 것도 사실이 아니다. 오히려 마르크스가《공산당 선언》에서 지적한 것처럼 역동성, 격변, 끊임없는 혁신이 중간계급의 표어다. 사실주의가 정적이고 영속적인 것을 사랑한다는 제임슨의 생각은 틀렸다. 비평가 존 브렌크먼John Brenkman은 19세기 사실주의가 안정된 현실을 반영한다는 생각을 한마디로 희화화에 지나지 않는다고 일축했다.[42] 게다가 변화 자체에는 급진적인 것이 없으며 동일한 모습을 유지한다는 것이 항상 무시되는 것도 아니다. 크렘린궁과 펜타곤이 영구적인 모습을 갖고 있다면, 인종 정의에 대한 요구도 마찬가지이다. 가변성은 항상 긍정되어야 하는 것은 아니며, 모든 사회적 변화가 축하받아야 하는 것도 아니다. 어린이 노동이나 좀도둑을 교수형에 처하는 일이 다시는 발생하지 않기를 희망한다.

제임슨이 주장하는 것처럼 사실주의가 격변을 두려워한다면 자코뱅과 차티스트 소설, 페미니스트, 유토피아, 노동계급 소설은 어떻게 될까? 헨리크 입센Henrik Ibsen에서 사라 케인 Sarah Kane에 이르기까지 급진적 사실주의 드라마의 계보를 이 목록에 추가할 수 있다. 사실주의 소설이 일상의 정치 영역을 다룰 때 대개 최고로 세련된 모습을 보이지 못하는 것이 사실이다. 바로 이런 일을 하는 트롤로프Trollope나 디즈레일리Disraeli의 소설은 멜빌Melville과 투르게네프Turgenev의 저술보다 뛰어나다고 볼 수 없다. 그럼에도 불구하고 이는 사실주의 소설의 장점이지 후회할 만한 잘못이 아니란 느낌이 든다. 발자크Balzac, 스콧Scott, 엘리엇Eliot, 톨스토이Tolstoy와 같은 작가들은 정치적 영역을 형성하는 근본적인 사회적 세력을 탐구하기 위해 정치적 영역을 쪼개고 추진하는 것보다 더 깊이 탐구한다. 그런 의미에서 고전적 사실주의 소설은 다양하고 인구 밀도가 높은 풍경, 한 활동 영역에서 다른 활동 영역으로 이동하고 숨겨진 소속을 드러내는 능력을 갖추고 있어, 정당—정치적 음모에 대한 이야기보다 더 풍부한 문학 형식이다. 일상생활의 표면 아래 깊숙이 묻혀 있는 어떤 은밀한 역사적 발전을 등록할 수 있는 방식도 마찬가지이다.

즉, 사실주의가 본질적으로 보수적이라면(의심할 여지가 있는 주장이지만) 때로는 긍정적인 의미에서 그럴 수도 있다는 것이다. 사실주의는 정치 엘리트에게만 관심을 국한하는 것을 거부하고 민주적 정신을 바탕으로 훨씬 더 넓은 범위의 사회생활을 계획하고자 한다. 말하자면 아무리 눈에 띄지 않더라도 그 눈에 띄지 않는 캐릭터에게 마이크를 건네주어 말하게 할 수 있다. 정치적 변화와 격동은 일반 대중의 정서에 기반을 두어야 한다는 암묵적인 확신을 갖고 있는데, 바로 그것 때문에 사실주의 소설은 깔끔한 휴식이나 빠른 정치적 해결에 회의적인 경향을 띤다. 정치는 일반 생활의 복잡성, 즉 조지 엘리엇의 《미들마치》에서 서로 얽힌 가닥의 그물로 표현된 복잡성을 존중해야 한다. 사회적인 것은 자신의 필요를 충족시키는 정치적인 것보다 더 근본적이다.

프랑코 모레티Franco Moretti는 사실주의 소설이 서사의 일관성과 연속성을 보존하기 위해 "혁명적 균열을 조용히 넘어가기로 선택한다"고 주장하는 또 다른 사람이다. 대신, 그가 주장하는 사실주의 소설의 소재는 일상생활로,

> 사회적 관계가 확고하게 안정되어 있을 것을 요구한다. 그러나 이 안정이 무너지고 역사가 흐르기 시작한다면 일상은 안녕으로, '인격', '대화', '에피소드', '경험', '화합'이니 하는 것들은 모두 안녕이다. 다시 한번 소설적 세계와 혁명적 위기가 불일치 (…) 혁명적 위기는 일상생활을 약화시킨다.[43]

그러나 이것이 사실인지는 분명하지 않다. 1916년 더블린이 영국 식민 통치에 맞서 봉기하는 동안 〈아이리시 타임스 The Irish Times〉 신문은 계속해서 출판되었으며, 더블린의 최고급 호텔인 쉘본Shelbourne은 계속해서 하이 티(오후 늦게나 이른 저녁에 요리한 음식·빵·버터·케이크를 보통 차와 함께 먹음)를 제공했다. 모든 혁명은 변화된 것보다 변하지 않은 것이 더 많다. 정치적 불안 속에서도 사람들은 여전히 빵이 필요하고 심지어 베이비 시터도 필요하다. 사람들을 근본적으로 변화시키는 것은 정치적 봉기가 아니라 그 뒤를 잇는 장기간의 사회적·문화적 혁명이다. 어쨌든 이런저런 종류의 무장 반란을 다룬 소설이 많이 있다. 윌리엄 모리스William Morris의 유토피아적인 소설《에코토피아 뉴스News from Nowhere》는 독자들에게 영국에서 사회주의 혁명이 어떻게 일어날 수 있는지에 대해 설명하는데 놀라울 정도로 설득력이 있다. 혁명적 단절에 적대적인 것은 사실주의라기보다는 그것을 생산하는 중간계급의 문명이다. 일부 실무자들의 견해와는 달리 이 형식 자체에는 이를 정치적으로 미개한 것으로 일축할 만한 근거가 거의 없는 것 같다.

3

사실주의란 무엇인가?(2)

What is Realism?

1. 사실주의, 예술과 환상

일부 사실주의 비평가들에게, 그 자체의 기교로 관심을 끄는 예술 작품은 본질적으로 전복적인 것이다. 왜냐하면 이 작품들은 부인할 수 없는 진실인 것처럼 그들 자신을 위장하기를 거부하기 때문이다. 이 일은 분명 사실이다. '옛날 옛적에'라는 문구는 '이것은 이야기이다'를 의미하게 되었으며, 따라서 독자에게 다음에 나오는 내용을 사실로 받아들이지 말라고 경고한다. 즉 난쟁이들이 억압받는 하층계급으로 간주되지 않는 한,《백설공주와 일곱 난쟁이》는 반란의 소책자가 되지 못한다. 물론 예술에는 반사실주의적이고 정치에서는 급진적인 작가들(베르톨트 브레히트, 버지니아 울프)이 있지만, 에즈라 파운드, 호르헤 루이스 보르헤스, 블라디미르 나보코프처럼 예술에서는 사실주의자이지만 정치적으로는 보수적인 작가들도 있다. 모든 사실주의적 글쓰기가 믿을 수 없을 정도로 투명하다는 것도 사실이 아니다. 사실주의 역시 때때로 그 형식과 기법에 관심을 기울일 수 있다. 사실주의란 무엇에 관한 것인지에 대해 항상 눈이 먼 것은 아니다.

매슈 보몬트Matthew Beaumont는 형식에 대한 모든 비평은 사실주의를 아래처럼 말한다고 언급한다.

사실주의는 순진하고 지적으로 부정직한 환상주의의 실천이다. 이는 사실주의가 일종의 트롱프뢰유, 즉 외부 현실을 가능한 한 세심하게 복제하면서 그것과 정확히 일치하는 것을 꿈꾸는 표현 행위라는 것을 의미한다. 사실주의 개념은 모방적 야망을 과장하는 동시에 그것을 형성하는 형식적 한계를 드러내고 조사하는 능력을 극적으로 과소평가하는 것이다.[1]

이 언급은 한마디로 희화화다. 지금까지 살펴보았듯이 많은 사실주의 예술이 대부분의 다른 문학 양식보다 형식적 관습에서 열악하다는 것은 사실로, 솔직함을 위해 때로 지불해야 하는 대가의 일부이기도 하다. 실체를 위해 스타일을 희생해야 할 수도 있다. 그러나 그러한 모든 예술이 우리에게 진실을 들여다볼 수 있는 완벽한 창을 제공한다고 주장하는 것은 아니다. 사실주의 소설은 현실을 어떻게 연출하는지에 대한 비판적이거나 아이러니한 정신을 반영할 수 있다. 성격이나 조건의 진실을 포착하거나 대안 세계의 가능성을 제시하는 것은 절망적인 것처럼 보일 수 있다. 앤서니 트롤로프의 소설은 실생활의 한 단면인 것처럼 가장하려는 규범적 사실주의 작품이지만, 헨리 제임스는 트롤로프가 "자신이 전하는 이야기는 결국 하나의 이야기일 뿐이라는 점을 독자들에게 상기시키면서 자멸적인 만족감을 느꼈다"고 불평한다.[2] 심지어 독자가 "정말 생생하다!"라고 외치는 일조차 손에 들고 있는 것이 교묘한 작품임을 고백하는 셈이다. 버스표라면 이렇게 말하지 않을 것이다.

어쨌든 사실주의 예술의 기만적 명확성을 비난하는 사람들은 투명성의 가치를 경시하는 일을 조심해야 한다. 그들은 특정 정치적 체제를 가린 반계몽주의를 몰아내는 사실주의의 힘을 무시한다. 디킨스의 《황폐한 집》에 나오는 안개는 기억에 남는 상징이다. 블레이크가 사제와 왕의 신비주의 의식을 비난할 때, 그는 극한에 다다르면 거의 견딜 수 없을 만큼 강렬해지는 명료함의 이름으로 이 의식을 비난한다. 이 명료함의 정신 상태는 신비화의 공범자라기보다 신비화의 적이다. 전통적으로 신비주의는 실재(예를 들면 그 이름 중 하나는 신)에 대한 비전을 수반하며 너무 강렬하고 압도적이라 말을 할 수 없게 만들고 상상력을 무한대로 확장한다. 미학적 용어로는 그것을 숭고함이라고 한다.

자신의 서사를 편집하는 것은 문학적 사실주의에는 필수 불가결하지만 문제가 될 수도 있다. 사실주의 소설은 독자에게 사실을 일대일로 설명하는 것처럼 보일 수 있지만, 소설이 우리에게 제공하는 사실은 예술적으로 형성되고 선택되었다. 그러나 독자가 이것을 너무 의식하면 사실주의적 환상이 드러날 위험이 있다. 예술은 디자인되어야 하는데, 그렇다면 어떻게 그것이 사실의 무질서한 본질에 충실할 수 있는가? 노스럽 프라이는 "사실주의 작가는 문학적 형식과 그럴듯한 내용에 대한 요구 사항이 항상 서로 대립한다는 것을 곧 알게 된다."[3]

예를 들어, 행복한 결말을 보장하기 위해서는 도덕적인 등장 인물들에게 정당한 디저트와 악당들에게 그들의 출현을 허락해야 하는데, 실제 역사라면 두 가지 모두 일어날 수 없는 일들이다. 멋진 아내와 상당한 규모의 토지 소유권을 갖게 되는 가상의 영웅 중 많은 사람은 아마도 실제 생활이라면 교수형에 처해졌을 것이다. 이러한 보상은 자연적으로 발생할 가능성이 거의 없기 때문에 소설 자체가 개입하여 설계해야 할 수도 있다. 그리고 이 일은 어느 정도의 조작 없이는 소화하기 어렵기 때문에, 이야기는 그것이 피하기를 바라는 비현실적인 분위기를 만들어 낼 위험이 있다. 실제와 시적 정의 사이의 간극이 당황스러울 만큼 커 보인다. 제인 에어가 로체스터와 결혼할 수 있지만, 그것인 오직 소설이 개입하여 그의 첫 번째 아내를 죽였기 때문이다. 행복을 향한 우리의 유토피아적 갈망에 진실성이 희생되는 것이다.

모든 작가가 이러한 결말 형식에 만족하는 것은 아니며, 특히 모더니스트 작가는 더욱 그러하다. 블라디미르 나보코프Vladimir Nabokov는 자신의 소설 《프닌Pnin》에서 "어떤 사람들은—나도 그들 중 하나인데—행복한 결말을 싫어한다"라고 말한다. "우리는 속았다는 느낌을 받는다. 해로운 것이 표준이다. 운명은 몰아붙여서는 안 된다. 눈사태가 웅크린 마을 몇 피트 앞에서 멈춘다면 부자연스러울 뿐만 아니라 비윤리적이다." 나보코프는 결말이라기보다는 유쾌한 결말에 반대한다. 사실주의는 암울해야 하는데, 왜냐하면 그것이 세상의 방식이기 때문이다. 행복에는 무언가 만들어 낸 듯한 느낌이 있다. 일반적으로 현대인은 실제 생활이 침울하고 지저분하다고 가정하는데, 이 의견이 어떻게 생겨났는지 추측해 볼 가치가 있다. 아마도 그것은 산업 폐해의 결과일 수도 있고, 20세기가 기록상 가장 유혈 낭자한 세기였다는 사실 때문일 수도 있다. 그러나 아름다움과 우아함은 그 반대만큼이나 현실적일 수 있다. 실제로 일부 과학자들은 이를 자신들의 가설이 신뢰할 만하다는 신호로 간주한다. 모든 조화나 대칭이 진통제로 일축되어서는 안 된다.

저자는 자신의 자료를 편집하는 것이 독자를 속이는 방법이므로 도덕적으로 용납될 수 없다고 믿거나 믿는 척할 수 있다. 디자인은 속임수다. 예술과 성실성은 서로 상충된다. 청중은 공백과 침묵으로 변질되지 않은, 온전한 진실을 받아들일 자격이 분명히 있는가? 예를 들어, 당신의 인생을 이야기하려면, 독자에게 태어날 때부터 매일의 경험을 하나도 빠뜨리지 않고 철저하게 설명해야 할 수도 있다. 인간관계의 거대한 그물망에서 겉보기에 사소한 사건이 당신의 발전에 중대한 영향을 미쳤을지 누가 알겠는가? 아마도 이 목적을 위해서는 당신의 이야기를 출생을 넘어 자궁 속의 시간으로, 또는 더 나아가 임신의 순간으로 되돌리는 것이 중요할 것이다.

그러나 이렇게 방대한 양의 정보를 독자들에게 제시하면 독자들을 완전히 혼란스럽게 할 위험이 있다. 한 가지 일탈은 다른 일탈로 이어지며 화자는 여섯 가지 다른 일탈을 추구하지 않고서는 한 가지도 말할 수 없다는 것을 알게 된다. 텍스트는 작성자의 통제 범위를 넘어 확산되기 시작한다. 작성자가 텍스트를 꿰매려고 애를 쓰면 쓸수록 부서질 위험이 더 커진다. 독자들을 향한 그의 유머러스한 배려, 독자들이 경각심을 갖고 정보를 얻을 수 있도록 노력하는 그의 노력이 실제로는 얇게 위장된 가학증의 형태라는 것을 의심하기 시작하는 데는 그리 오랜 시간이 걸리지 않는다. 완전한 정직함이라는 타이틀 아래 독자인 우리는 문학 역사상 가장 긴 여행 중 하나로 끌려가고 있는 것이다. 화자는 자신의 과거에 대해 글을 쓰면서 현재를 계속 살아가고 있으므로 자신을 따라잡기 위해서는 자신의 삶을 잠시 보류해야 할 것이다. 그는 글을 쓸수록 더 써야 할 것인데, 그동안 그는 더 많은 생활을 하게 될 것이기 때문이다. 그리고 그의 인생 역사가 완벽해지려면 삶을 기록하는 행위도 그의 전기에 포함해야 할 것이다.

로렌스 스턴Lawrence Sterne의 18세기 반소설인 《트리스트럼 샌디*Tristram Shandy*》의 주인공인 트리스트럼 샌디는 그의 자서전인 이 책의 첫 두 권이 끝날 때까지 아직 태어나지도 않은 상태이다. 이 소설의 광적인 합리주의자 아버지인 월터 샌디Walter Shandy는 작은 사고로 뒤범벅된 이 이야기에 어떤 질서를 부여하려고 노력하지만, 삼류 소설가처럼 그의 매끈한 계획은 순전히 우연의 물결 아래 묻혀 있음을 알게 된다. 영국에서 사실주의 소설이 시작되기 직전에, 티퍼러리 지방 출신의 절반쯤 아웃사이더인 스턴은 문자 그대로의 의미에서 사실주의 프로젝트가 완전히 불가능하다는 것을 발견하고 사실로부터 코믹소설을 거두어들이기 시작한다.

스턴의 예술은 영광스럽게 뒤죽박죽일지도 모르지만 성공회 성직자로서 그는 아마도 역사는 그렇지 않다고 믿었을 것이다. 대신 역사는 타락과 구원의 이야기였다. 일반적으로 현대인들은 역사 자체가 이야기로 구성되어 있다는 사실, 즉 역사는 진보나 섭리의 이야기를 나타낸다거나 우리 자신의 보잘것없는 삶이 작은 부분을 이루는 어떤 거대한 이야기가 있다는 사실을 더 이상 믿지 않는다. 조지 엘리엇의 시대에는 이러한 믿음이 조용히 남아 있음을 발견할 수 있지만, 토머스 하디의 시대 즈음에는 그 믿음은 이미 존재하지 않았다. 세계가 객관적인 구조를 가지고 있다면, 사실주의 예술 작품은 특정한 형태를 유지하면서 현실을 복잡한 세부 사항까지 표현할 수 있다. 그러나 일이 순전히 무작위로 보인다면 임의의 디자인을 강요해야 할 수도 있다. 그러나 사건들이 무질서할수록 디자인은 더 정교해야 하고, 너무 눈에 띄게 되어 예술의 진실 효과를 위험에 빠뜨릴 수 있다.

어떤 사람들은 다수의 모더니즘 작품처럼 사실성을 버리는 것이 사실주의 자체보다 더 사실주의적이라고 주장한다. 신문을 읽어 온 사람이 보기에는 어떤 섭리의 질서는 결코 사실적인 제안으로 들리지 않는다. 그 질서를 믿는 것보다 세상을 단편적이고 갈등이 많은 것으로 보는 것이 더 진실하지 않은가? 아마도 궁극적인 사실주의는 예술적 사실주의 자체가 교활한 환상임을 인정하는 것이리라. 프레드릭 제임슨 Fredric Jameson은 다음과 같이 말한다.

> 사실주의가 사회적 현실의 진실을 기록하기 위해 고안된 가장 복잡한 인식론적 도구임과 동시에 바로 형태 자체의 거짓말, 미학적 허위의식의 원형으로, 서사문학의 영역에서 부르주아 이데올로기가 취하는 모습이라는 주장이다.[4]

공교롭게도 대부분의 문학 이론가들은 사실주의 소설을 거짓말로 간주하지 않을 것이다. 물론 그것이 사실이라고 받아들이지도 않을 것이다. 거짓말은 속이려고 고안된 반면, 윌리엄 골딩의 《파리대왕Lord of Flies》은 그렇지 않다. 허먼 멜빌의 소설 《모비 딕Moby-Dick》에서 에이햅Ahab 선장이 모비 딕이라는 고래에 묶여 죽었다고 믿으라고 요구하는 사람은 아무도 없다. 또한 허구의 명제는 실제로는 전혀 명제가 아니기 때문에 참도 거짓도 아니라고 주장되어 왔다. 소설들은 우리가 가지고 있는 것처럼 명제의 문법적 모습을 가지고 있을 뿐이다. 지금껏 보아 온 것처럼, 사실주의 소설들은 실제 정보의 단편이 아닌 허구의 세계에서 영향력을 발휘하기 위해 존재한다. 비록 허구의 한 부분이 마지막 세부 사항까지 사실적으로 정확하더라도, 우리가 그것을 허구라고 부른다는 사실은 그것이 사실적 진실인지, 사실적 거짓인지의 여부와는 무관하다는 것을 의미한다. 실제 사건을 한마디도 가감하지 않고 취재하여 소설이나 단편소설이라고 부르는 일은 독자와 텍스트의 관계를 변화시킨다. 무엇보다도 사실주의 소설은 독자가 작품에서 더 깊은 의미 없이 단순히 구체적인 설명으로 받아들이기보다는 작품에서 일반적인 도덕적 진리를 찾아보도록 유도한다.

따라서 제인 오스틴은 독자가 소설《엠마*Emma*》의 주인공 엠마 우드하우스Emma Woodhouse가 잘생기고 영리하며 부자였다고 믿을 것이라고 기대하지 않는다. 그러나 그녀가 못생기고 멍청하고 거만한 성격이었다는 것도 사실이 아니다. 그런 사람은 존재한 적이 없기 때문이다. 비록 작품을 집필할 당시 엠마 우드하우스라고 불리는 잘생기고 영리하고 부유한 여성이 있었고, 게다가 모든 면에서 오스틴의 여주인공과 닮은 사람이 있었다고 해도, 소설은 그녀에 관한 것이 아닐 것이다. 그것을 소설이라고 부르는 행위 자체가 이를 배제한다. 월리스 스티븐스Wallace Stevens의 시 〈키 웨스트의 질서에 관한 생각The Idea of Order at Key West〉에는 당시 잘 알려진 문학 평론가였던 라몬 페르난데스Ramon Fernandez에 대한 언급이 있으며 창백한 사람으로 묘사된다. 우리는 스티븐스가 페르난데스의 존재를 알고 있었고, 실제로 그의 작품 중 일부를 읽었다는 사실을 알고 있다. 페르난데스는 실제 생활에서는 창백하지 않았을 수도 있고, 스티븐스는 그가 창백한지의 여부를 몰랐을 수도 있다. 그러나 시적인 이유로 그는 작품에서 창백하며 중요한 건 바로 그것이다. 그리고 여기서 '시적'이란 그의 이름의 소리와 억양 그 이상을 의미하며, 시의 도덕적 관점에서 그 사실은 나름대로의 역할을 하고 있음을 말한다.

사실주의 소설은 서사시, 우화, 로망스, 전설, 동화, 민담, 도덕적 우화 등 다양한 오래된 문학 양식과 결별한다. 해리 레빈Harry Levin이 관찰한 바와 같이, 사실주의 소설은 수 세기에 걸쳐 수필과 편지, 회고록과 연대기, 대화와 랩소디, 종교 소책자와 혁명 선언문, 여행 스케치와 예절서, 모든 종류의 산문과 몇몇 종류의 운문 등 다양한 형태를 흡수했다.[5] 소설은 역사상 가장 잡식적인 장르로 손으로 잡을 수 있는 거의 모든 종류의 인쇄물을 흡수한다. 18세기 소설가 헨리 필딩은 자신의 걸작인 《톰 존스Tom Jones》를 '산문 속의 희극 서사시'로 묘사하며, 당시 확정된 이름이 없는 이 글쓰기를 종류별로 분류하기 위해 전통적인 문학 범주를 곡예를 부리듯 드나든다. '역사'는 나중에 소설로 알려지게 될 18세기의 이 종류의 글쓰기에 가장 가까운 근사치 이름이었다.

그러나 적어도 최근까지 소설이 이전 작품과 단절된 경우는 거의 없다. 많은 양의 사실주의는 이전 문학 형식에 기생하는 반면, 많은 현대 미술은 그들이 거부하는 바로 그 사실주의에 계속 의존하고 있다. 현실 실험이 효과적이려면 사물이 일반적으로 어떻게 기능하는지에 대한 어떤 특정 감각에 의존해야 한다. 편차는 규범의 존재를 의미한다. 주인공이 어느 날 아침에 일어나 거대한 곤충으로 변해 있는 것을 발견하는 프란츠 카프카의 《변신*Metamorphosis*》은 사람들이 일반적으로 하룻밤 사이에 딱정벌레로 변하지 않는다는 사실을 우리가 잘 알지 못하면 작동하지 않을 것이다. 그러나 이런 일이 지루하고 규칙적으로 일어나는 사람들은 그 우화를 사실주의로 취급할 수도 있다. 기이하고 환상적이라 할지라도 모든 예술은 현실과 관련이 있다. 즉, 우리는 우리 경험의 경계를 완전히 넘어서는 현상을 아무것도 만들 수 없다는 뜻이다. 알파 센타우르스Alpha Centauri 행성에서 온 외계인이 우주선을 타고 우주를 여행하고, 납치한 사람들에게 로봇 목소리로 말하고, 사람들의 성기에 임상적 관심을 갖는 한, 그들로부터 유황 냄새가 나거나 말거나 브리트니 스피어스가 누구인지 전혀 모르거나 말거나, 그런지의 여부와는 관계없이 실제로 전혀 외계인이 아닌 것이다.

프레드릭 제임슨은 소설 형식이 어떻게 사회적 사실을 '탈신성화'하는지에 대해 쓴다. 소설 형식은 우화와 로망스의 환상에 구멍을 뚫고 세상에서 거룩함의 후광을 벗겨 낸다. 제임슨은 전근대 사회에서 사물은 상징적·신화적·초자연적 의미를 부여받았다고 주장한다. 대조적으로 중간계급 문명에서는 사물은 단순히 극명하게 그 자체이다.[6] 우리는 사실주의의 출현과 더불어 "탈신성화되고 탈마술적이며 상식적이고 일상적이고 세속적인 현실"을 말하고 있다.[7] 사실주의 소설은 사회학자 막스 베버Max Weber가 환멸의 세계라고 부르는 것에 적합하다. 그러나 신화, 우화, 마술, 초자연적인 현상이 단순히 사라지는 것은 아니다. 사실주의가 그 자체로 해결할 수 없는 문제에 직면할 때, 예상치 못한 해결책을 찾아내기 위해 마법과 동화의 자원을 활용할 수도 있다. 즉 오랫동안 알지 못했던 아주 부자인 친척이 여주인공에 대해 무한한 애정을 가지고 느닷없이 나타난다거나, 주인공이 형제자매가 아니라는 사실이 밝혀지고 결국 자유롭게 결혼할 수 있다거나, 올가미가 영웅의 목을 조이기 시작하자 전령이 말을 타고 나타나 왕실의 사면을 알리는 깃발을 흔든다거나 하는 등의 이 모든 장치는 사실주의 소설이 어떻게 낡아 빠진 비사실주의 예술에 계속 빚을 지고 있는지를 암시한다. 소설이 종결의 필요성을 포기할 때만—놀랍게도 D.H. 로렌스의 소설이 그러한데—이러한 작위적인 장치를 버릴 수 있을 것이다.

2. 사실주의와 토머스 하디

또한 신화, 상징주의, 초자연적인 현상을 활용하여 하찮게 여겨질 수도 있는 것들을 품위 있게 만들 수도 있다. 토머스 하디의 《귀향》의 경우도 마찬가지다. 대부분의 하디 소설처럼 이 소설도 영국 서부 지방을 배경으로 사실주의적으로 설정했지만, 작가는 이 지방의 장소라고 해서 그곳에서 펼쳐지는 진정한 인간 비극을 감소시키도록 해서는 안 된다고 결정했다. 그렇기에 이 이야기가 황야 자체를 묘사하는 다소 웅장하고 자의식적인 설정으로 시작하는 것이다. 여기서 작가는 최고로 문학적으로 써 내려간다.

음울하게 뻗어 있는 둥그런 원들과 움푹 꺼진 곳들이 순수한 공감 속에서 솟아올라 저녁 어둠을 만나는 것처럼 보였다. 하늘이 빠른 속도로 어둠을 떨어뜨리는 것처럼 황야도 급히 어둠을 내뿜는 듯했다. 그렇게 공중의 어둠과 땅의 어둠이 각자 절반쯤 앞으로 나아가 서로를 껴안으면서 닫혔다. (…) 그곳은 현재 인간의 본성과 완벽하게 일치하는 곳이었다. 끔찍하지도, 미워하지도, 추악하지도 않았고, 평범하지도, 무의미하지도, 길들여지지도 않은 곳이었다. 그러나 사람처럼 무시당하고 인내하는 곳이었다. 게다가 그 거무스름한 단조로움은 유난히 거대하고 신비스러웠다. 오랫동안 떨어져 살았던 어떤 사람들처럼 그 얼굴에는 고독이 드러나는 것 같았다. 그 쓸쓸한 얼굴은 비극적인 가능성을 암시하고 있었다.

이로써, 소설을 '문학적'이라고 좋아하는 대도시에서 잘 통할 일이라고 하디가 생각하는 것을 독자도 상상할 수 있다. 시골의 시골뜨기가 이런 물건을 만들어 낼 수 있다는 사실을 도시의 문명 독자들이 아는 것도 아무런 해가 되지 않을 수도 있다. 그의 독자 중 상당수는 그를 매력적인 목가적 이야기의 공급자로 보았지만 때로는 그의 문학적 위치에 비해 너무 커지기도 했다. "거무스름한 단조로움은 유난히 거대하고 신비롭다"와 같은 힘들여 과장해 쓴 문구는 저자가 너무 열심히 노력하고 있음을 시사한다. 그러나 소설 전체에서 그는 황야, 히스에 대한 이 고도로 짜여진 '시적' 설명을 책의 등장인물들이 살고 일하는 일상적인 장소로서 보다 사실적인 관점과 바싹 붙여 놓아둔다. 히스는 음울한 상징적 존재이지만 또한 생계의 원천이기도 하며, 하디는 이런 종류의 부조화를 기묘하게 허용하는 것이다.

소설이 '하류 생활' 소재에 더 웅장하고 '문학적인' 분위기를 더하기 위해 다소 삐걱거리는 신화적 이미지를 부각시키는 경우가 있다. 젊은 시골 여성 유스테이샤 바이는 미친 듯한 열정으로 사랑받는 것 외에 패셔너블한 해변 휴양지인 버드머스(본머스)에서 사는 것이 인생의 최대 야망이지만 신성의 원료인 '밤의 여왕'으로 제시된다. 하디는 이렇게 쓴다:

> 그녀는 이교도처럼 어둡고 신비로운 눈을 가졌다. (…) 그녀의 존재는 버번 장미, 루비, 열대의 밤과 같은 추억을 가져왔다. 그녀가 지닌 분위기는 연꽃을 먹는 사람들과 장 라신의 비극 〈아탈리〉에서의 행진을 떠오르게 했다. 그녀의 움직임은 바다의 썰물과 흐름을 연상시켰고, 그녀의 목소리는 비올라를 듣는 것 같았다. 희미한 빛 속에서 머리를 가볍게 정리한 그녀의 모습은 어떤 고위 여신 중 한 명 같기도 했다.

이러한 기발한 이국주의는 너무나 노골적으로 비현실적이어서 아이러니하다고 보지 않을 수 없다. 아니면 아이러니와 소위 훌륭한 글쓰기에 대한 진지한 시도 사이에서 모호하게 떠돌고 있을 수도 있다. 아니면 하디가 자신이 누구인지 몰랐을 수도 있다. 아이러니하지 않다면 작가가 등장인물보다는 글에 시선을 두는 데서 비롯된 것이다. 이 구절이 본머스 군악대장의 딸에 대해 말하고 있다는 것을 믿기 어렵고, 그가 이 점강법bathos을 인식하지 못했다고 믿기도 거의 불가능하다. 이 책의 남자 주인공인 클림 요브라이트Clym Yeobright의 좀 더 사소한 부분에서도 동일한 불일치가 나타난다. 클림 요브라이트는 전형적인 떠돌이 학자나 순회 설교자로 끝나는, 평판 좋은 중간계급 인물이다. 사실주의와 반사실주의라는 내러티브의 두 가지 차원은 농부들이 양에게 표시하는 적황토를 파는 상인인 디고리 밴이라는 인물에게서 말 그대로 수렴된다. 직업 덕분에 머리부터 발끝까지 빨간색 염료로 뒤덮인 벤은 평범한 시골 노동자와 하디가 원래 이야기에서 수수께끼처럼 사라지도록 하게 하려고 했던 으스스하고 신화적인 인물 사이를 오간다.

하디는 도셋 지역의 소규모 건축업자의 아들로서 당시 영국 시골 히스에 대한 묘사가 수용할 수 있는 것보다 다소 세속적 의미에서 '비극적 가능성을 암시'했다는 것을 잘 알고 있었다. 그곳은 빈곤, 실업, 이윤 감소, 외국 경쟁의 절박함, 노동조합의 전투성, 전통 기술과 관습의 상실 또는 쇠퇴, 산업 도시로의 지속적인 인구 유출 등으로 어려움을 겪고 있는 곳이었다. 히스를 설명하는 장의 제목은 "시간이 거의 영향을 미치지 못하는 얼굴"인데, 하디가 잘 알고 있듯이 이는 확실히 19세기 후반 전반적인 영국 시골 일반에는 해당되지 않았다.

그럼에도 불구하고 하디의 소설은 때때로 사실주의를 넘어 목가적 전통까지 거슬러 올라간다. 《성난 군중으로부터 멀리_Far from the Madding Crowd_》에서 그는 같은 무리의 노동자들이 불을 끌 수 없을 정도로 무능한 것으로 나타남에도 불구하고 헛간과 그것을 사용하는 시골 사람들에 대해 서로 '자연스럽다'고 썼다. 소설은 주인공인 가브리엘 오크Gabriel Oak가 거의 하룻밤 사이에 소규모 농부로서의 일자리를 잃을 수 있다는 사실을 숨기지 않는다. 캐스터브리지Casterbridge 시장에서 팔리는 곡물들은 수확량이 매년 다르고 가격 또한 매년 불안정하기 때문이다. 이 시장에서 드러나는 것은 영국 도시 거주자들이 사랑하는 고요하고 유기적이며 그림처럼 아름다운 시골 생활의 이미지가 아니다. 도시인들에게 자연은 일할 장소라기보다는 묵상할 풍경이다. 레이먼드 윌리엄스Raymond Williams가 말했듯이, 작업 형상은 비슷하게 중요한 어떤 영어 소설보다도 하디의 작품에서 더 중심적으로 나타난다.[8] 예를 들어, 제인 오스틴은 토지의 가치와 소유권에 대해 예리한 안목을 갖고 있지만, 그곳에서 일하는 사람은 누구도 보지 못한다.

소설을 쓰기 시작했을 때 하디는 땅에서 쫓겨난 계급인 영국 농민을 많이 다루지 않는다. 대신 그가 제시하는 것은 주로 지주, 소작농, 토지 없는 노동자에 기반을 둔 자본주의적이고 시장 지향적인 경제다. 또한 공예가·상인·딜러·교사·장인 등 중하층계급도 급속히 줄어들고 있다. 하디 또한 자신을 낳은 것은 바로 이런 불안정한 사회계급이었다. 때때로 그가 옥스퍼드나 케임브리지를 다니지 않았다는 뜻으로 '독학'했다고 애처롭게 묘사되기도 했지만, 그는 전문 건축가로 훈련을 받았다. 《캐스터브리지의 시장*The Mayor of Caster-bridge*》의 주인공인 마이클 헨처드Michael Henchard는 탐욕스럽게 이익을 추구하는 반면, 테스 더버빌드는 순진한 자연의 아이는 아니지만 자신이 원하면 표준 영어를 말할 수 있는 합리적으로 잘 교육받은 젊은 여성이다. 《비운의 주드*Jude the Obscure*》의 주인공 주드 폴리Jude Fawley는 농부가 아니라 숙련된 장인이다. 《덤불 속의 연인들*Under the Greenwood Tree*》은 대도시 소비를 위해 교묘하게 설계된 목가적인 제목에도 불구하고 사회적 속물근성과 성적 경쟁에 많은 관심을 갖고 있다. 《숲의 사람들*The Woodlanders*》이 조화와 풍요의 느낌을 물씬 풍기는 경우지만, 이 책은 묘하게 자의식이 강하고 거의 자기 패러디에 가까운 목가적인 소설이다.

작가로서의 모호한 위치 때문에, 대도시 독자층을 날카로운 눈으로 바라보며 자신이 자란 영국 시골을 묘사하는 하디는 어떤 종류의 소설을 써야 할지 고민한다. 그가 설명하는 농업 세계에 속해 있다면 그는 교육과 작가로서의 지위 때문에 이 공동체에서 반외지인이기도 하다. 그의 목소리는 때로는 지식이 풍부한 시골 사람의 목소리이고, 때로는 무관심한 관찰자의 목소리이다. 그의 소설을 그토록 흥미롭게 만드는 것은 바로 이러한 갈등이다. 그는 사실주의, 로망스, 전원 이야기, 민화, 비극, 심리 드라마 등 다양한 문학 형식을 마음대로 사용할 수 있으며, 균열을 정리할 긴급한 필요성을 느끼지 않고 한 형식에서 다른 형식으로 전환하는 경향이 있다. 유스테시아 바이Eustacia Vye와 디고리 벤Diggory Venn의 경우처럼, 하나는 사실주의자이고 다른 하나는 그렇지 않은, 양립할 수 없는 두 가지가 서로 중첩될 수 있다.

하디의 사실주의는 좀 더 전통적인 문학 형식을 되돌아보기 때문에 '불순'하지만, 여전히 설명할 수 없는 미래를 향해 노력하기 때문에 '불순'하다. 이는 그의 마지막 소설 《비운의 주드》에서 가장 분명하게 드러난다. 이 작품은 하디가 글쓰기에 대한 모든 욕구를 전부 치유했다고 선언할 정도로 독자들의 분노를 불러일으켰다. 《비운의 주드》는 결혼, 교회,

정통 성적 관습, 노동자에게 폐쇄된 고등 교육 시스템에 대한 공격으로 임상 정신이 없는 프랑스 자연주의의 추악한 특성을 가지고 있다. 특히 주인공이 《욥기》를 낭송하다 절망에 빠져 죽는 우울한 결말로 빅토리아 시대의 기대를 약화시킨다. 이 대담함을 이해하려면 올리버 트위스트가 소설의 마지막 페이지에서 아래층으로 떨어져 목이 부러지는 것을 상상해 볼 필요가 있다. 일부 빅토리아 시대 사람들은 소설의 역할 중 하나가 교화하고 고양시키는 것이라고 주장했다. 우울함은 이념적으로 위험한 것으로 간주되었기 때문이다. 불만은 반대를 낳는다. 노동계급을 감염시키면 봉기의 형태로 열매를 맺을 수 있다. 무신론에 대해서도 마찬가지라고 여겨졌는데, 레프러콘처럼 신을 더 이상 믿지 않는 중간계급 평론가들조차 마찬가지였다. 하디와 조지 엘리엇은 영문학 최초의 자칭 무신론자 주요 소설가들이었다.

《귀향》의 첫 번째 문단을 《비운의 주드》의 여유롭고 무례한 시작 부분과 대조할 수도 있다. "교장은 마을을 떠나고 있었고 모두가 안타까워하는 것 같았다. 크레스콤 방앗간 주인은 그가 약 20마일 떨어진 목적지 도시까지 물건을 운반할 수 있도록 기울어진 작은 흰색 수레와 말을 빌려주었다." 이 문장은 가혹한 사실주의 작품임을 증명하기에 적절한, 과장되지 않은 시작처럼 보인다. 하지만 이 책은 또한 현실주의자들의 기대를 대담하게 거부하는 에피소드들로 가득 차 있다. 여주인공 수 브라이즈헤드Sue Bridehead는 중년 남편의 성관계를 피하려고 침실 창문 밖으로 뛰어내린다. 좀 더 적극적인 여성은 주드에게 돼지 성기를 던져 주드의 관심을 끌려고 한다. 주드는 옥스퍼드 술집에서 술에 취해 니케아 신조를 낭송하고, 그와 수가 입양한 아들은 다른 두 자녀를 목매달고 자신 또한 목매단다. 이 모든 일은 후기 빅토리아 시대 영국에 대한 계산된 모욕으로, 주드와 수가 결혼하지 않은 상태로 성적 파트너인 상태로 묘사된 것도 마찬가지다. 소설의 '무례함과 외설'에 혐오감을 느낀 웨이크필드의 주교가 이 책을 불 속에 던졌다는 것은 놀라운 일이 아니다. 그러나 이 책은 한두 번, 역설적인 칭찬을 받았다. 한 평론가가 오직 뛰어난 재능을 지닌 작가만이 그토록 끔찍하고 허탈한 작품을 만들어 낼 수 있다고 한탄했던 것이다.

수 브라이드헤드는 결혼과 성에 대한 계몽적인 견해를 갖고 자신의 해방을 위해 투쟁하는 소위 당대의 신여성 중 한 명이다. 그녀는 성생활이 주로 복종에 관한 것이라고 인식한다. 하디가 《성난 군중으로부터 멀리》에서 쓴 것처럼, "주로 남성이 자신의 감정을 표현하기 위해 만든 언어로 여성이 자신의 감정을 표현하는 것은 어렵다." 《비운의 주드》는 뛰어난 통찰력으로 후기 빅토리아 사회의 성 제도가 여성과 남성

사이의 우정의 가능성을 파괴했다는 사실을 간파해 낸다. 그러나 페미니즘은 이제 막 등장하고 있으며, 자유로워지고 싶어 하는 수의 충동은 죄책감, 자기혐오, 복종하려는 열망과 전쟁을 벌이고 있다. 하디는 자신의 여주인공에게 깊은 공감을 표하지만, 자신이 만든 창조물을 제대로 이해하지 못하는 것 같다. 이 여성에게는 변덕스럽고 파악하기 어렵고 자기모순적인 특성이 있어 소설이 그녀로 하여금 초점을 맞추는 것을 어렵게 만든다. 그렇게 한다는 것은 사실주의의 경계를 뛰어넘고, 근본적으로 인간이 창조한 것이 아닌 완전히 다른 언어를 말하는 것을 의미한다. 우리는 버지니아 울프의 도착을 기다리고 있다. D.H. 로렌스도 같은 문제를 직면하는데, 그는 《아들과 연인Sons and Lovers》에서 소설의 사실주의적 틀로 인해 철저하게 탐험할 수 없을 정도의 강렬한 감정을 다루고 있다. 《무지개The Rainbow》에서 일상의 역사는 사실주의의 범위를 넘어서는 내면의 차원을 끊임없이 탐구한다. 그런 다음 대담하고 형식 면에서 실험적인 소설 《사랑하는 여인들Women in Love》에서 그는 소설이 무엇을 의미하는지에 대한 아이디어 자체를 무시하는 상징적 에피소드를 그려내기 위해 사실주의적 신뢰성을 일축한다.

3. 필연성과 우연성

레이먼드 윌리엄스는 "고도의 사실주의에서 사회는 근본적으로 개인적인 용어로, 개인은 근본적으로 관계를 통한 사회적 용어로 보인다."고 쓴다.[9] 우리는 경제, 계급 제도 또는 도덕법이라는 추상적인 개념을 표현할 수 없다. 그러므로 그런 일들은 상황을 면밀히 관찰하여 보여 주어야 하되, 등장인물들은 설득력 있어야 한다. 이는 신화나 동화를 묘사하는 것과 마찬가지로 사실주의 작가가 언제나 궁지에 몰린 상황에서 벗어나는 데 도움이 될 수 있다. 사회 문제는 개인적인 용어로 변환될 수 있고, 그렇게 하면 문제를 더 다루기 쉽게 만들 수 있다. 예를 들어 엘리자베스 개스켈의 소설《북과 남

North and South》은 1840년대의 격렬한 산업계급 투쟁을 다룬다. 완고한 공장주인은 반란을 일으키는 노동자들과 대치하지만, 사랑하는 여자가 영향을 주어 그의 자존심을 진정시키고 이해관계로 인한 충돌은 진정된다. 사랑은 사실이 아니더라도 소설에서 계급 전쟁을 진압하는 방법이다. 기실 사실주의 소설에서 결혼은 종종 사회적 조화를 대체하는 버전이 된다. 상호 애정의 문제라면 지위와 재산의 문제이기도 하다. 이런 의미에서 개인의 욕구와 사회적 관습을 조화시키는 역할을 할 수 있다. 주로 제인 오스틴의 소설이 결혼의 이 두 가지 측면을 조화시키려는 노력을 그린다. 이와 대조적으로 낭만주의 소설에서는 욕망과 사회적 관습이 종종 충돌한다. 우리는 로체스터에 대한 여주인공의 사랑이 그녀를 예의 바른 사회의 경계 너머로 몰아넣는 위험을 감수하고 있는 소설 《제인 에어*Jane Eyre*》를 다시 떠올린다.

사실주의는 우연성과 필연성을 조화시키려고 노력한다. 실제 생활은 무작위적인 사건으로 가득 차 있지만, 사실주의 소설에서 전화벨이 계속 울리는 경우, 그것이 줄거리와 아무런 관련이 없는 단순한 전화벨 소리로 밝혀지면 우리는 어리둥절할 것이다. 우리는 또한 사실주의 소설에서 발견되는 많은 세부 사항이 임의로 선택되었으며, 따라서 그 자체로는 특별한 의미가 없을 수도 있다는 것을 알고 있다. 덥수룩하고 담배 진으로 얼룩졌다고 묘사된 콧수염이 오히려 잘 다듬어지고 희끗희끗해져 가고 있을 수 있다. 그럼에도 불구하고 화가의 섬세한 칠과 같은 작은 터치가 그 묘사를 전반적으로 사실이라고 느끼도록 만든다. 사실의 분위기를 만들어 내는 것이다. 롤랑 바르트가 말했듯이 그 작은 것들은 하찮음으로 중요함을 의미한다.[10] 그것은 지시하기보다는 의미한다. 즉, 문제가 되는 것은 등장인물의 콧수염 색깔이 아니라 '이것이 사실주의다'라는 잠재의식의 메시지라는 것이다. 사실주의는 보통 정보를 중복해 제공한다. 정확히는 세부 사항이 꼭 필요한 것은 아니며, 그것이 존재하는 유일한 이유는 그것이 사실이기 때문인 것 같다.

신약성서는 내용이 밋밋하고 엉뚱하며 불필요하기 때문에 사건의 진실을 증언하는 것처럼 보이는 흩어진 세부 사항들로 가득 차 있다. 예를 들어, 예수가 더 이상 무덤 안에 있지 않다는 사실을 처음으로 발견한 추종자들은 여자들이었다고 하는데, 이 주장은 복음서 저자들을 난처하게 만들었으리라. 당시 여성은 믿을 만한 증인으로 간주되지 않았기 때문이다. 사실 그들의 증언은 무가치한 것으로 여겨졌다. 그 사건은 단순히 다음과 같은 이유로 기록되었을 수도 있다. 일반적으로 그렇다고 알려져 있으니, 그럴듯하게 생략할 수는 없었을 것이다. 막달라 마리아는 부활한 예수를 묘지 정원사로 착각한 반면, 베드로는 선생이 체포된 후 자신이 예수의 제자임을 부인하면서 갈릴리 사투리를 사용하여 자신을 드러낸다. 그는 나중에 구경꾼들에게 그와 그의 동료들이 술에 취한 것이 아니라 방언으로 말하고 있다고 말한다. 왜냐하면 포도주를 많이 마시기에는 시간이 너무 이르기 때문이다. 예수는 맹인의 시력을 회복시키려고 노력하지만, 그 사람의 시력은 여전히 흐릿하므로 예수는 다시 시도해야 하는데, 이번에는 완전히 성공한다. 예수가 나사로를 죽음에서 일으키려고 할 때, 나사로의 누이 마르다는 그가 무덤에 며칠 동안 있었으므로 냄새가 날 것이라고 경고한다. 예수는 야이로의 딸을 살리면서 주변 사람들에게 먹을 것을 주라고 권한다. 예수가 사망 후 제자들에게 나타날 때 자기가 먹을 것을 달라고 하니, 제자들이 구운 생선 한 토막을 주었다. 계속되는 바울의 설교를 듣고 있던 한 청년이 열린 창문 옆에서 잠이 들었다가 넘어졌다. 이것은 롤랑 바르트가 《카메라 루시다Camera Lucida》에서 '푼크툼Punctum'이라고 부르는 것의 한 예인데, 작품의 '사실 효과'에 기여하는 일종의 기발한 세부 사항을 의미한다.

그러나 사실주의적 글쓰기에서는 우연이 계속해서 필연성으로 바뀌고 있다. 우연하게 시작된 일이 결국에는 선택 불가능한 일로 끝날 수도 있다. 사실주의 작품은 상황을 마음대로 설정하지만 그 제약에 얽매이게 된다. 사실주의 서사에서 영웅이 어느 시점에서 혼수상태에 빠진다면 모더니즘 작품에서와는 달리, 모더니즘에서는 이런 일이 쉽게 일어나지만, 이 영웅은 10초 후에 보스턴 마라톤에서 우승할 수 없다. 그러한 글쓰기에는 조건적인 것과 본질적인 것 사이에 끊임없는 상호 작용이 있다. 대조적으로 많은 비사실주의는 텍스트에서 모든 필연성을 제거하고 우연성의 자유로운 플레이를 허용한다. 모든 것이 일시적이고 우연처럼 보이는 사뮈엘 베케트Samuel Beckett의 소설이 좋은 예이다. 베케트의 작업은 (모든 소설과 마찬가지로) 내부 논리에 의해 제약을 받더라도 필연성에서 가면을 제거한다. 이런 점에서 베케트의 작품은 신성한 질서 있는 우주 비전을 암묵적으로 비난한다. 그러나 그렇게 함으로써 그의 작품은 작가 자신이 거부하는 바로 그 신학에 위험할 정도로 가까워지는 것이다. 기독교의 창조 교리는 사물의 필연성이 아니라 사물의 무상성에 관한 것이다. 그것은 아무것도, 특히 인간이 전혀 필요하지 않다는 사실에 관한 것이다. 무언가가 있는 대신 아무것도 없을 수도 있다. 그것은 베케트적인 성찰이다.

4

사실주의의 정치학
The Politics of Realism

1. 사실주의와 명목론

　중세 유럽에서 사실주의는 예술적 개념이 아닌 철학적 개념이었다. 사실주의는 '간'이나 '표범'과 같은 일반적인 개념들이 단지 비슷하게 보이는 일련의 것들을 위한 이름이 아니라, 실제로 존재하는 것을 지칭한다는 믿음으로 구성되었다. 믿음이라는 견해는 명목론자로 알려진 반사실주의자들에 의해 촉진되었다.[1] 그들의 의견에 따르면, 일반적인 개념들은 단지 이름일 뿐이며, 이름들과 일치하는 실제는 없다. 사실주의자들은 세계가 특정한 범주의 것들로 구성되어 있으며, 이러한 범주들이 어떤 식으로든 그것에 내장되어 있다고 주장한다. 반면, 명목론자들은 세계가 근본적으로 특수한 항목들의 집합이며, 우리가 우리의 목적에 맞게 특정한 방식으로 그것들을 함께 묶는다고 주장한다. 사실, 표범다움이 존재한다는 의미가 있는가, 아니면 개별 생물들로부터의 단순한 추상일 뿐인가? 공통된 본성들은 실제인가, 아니면 허구인가. 이러한 불일치의 배후에는 중요한 질문이 있다: 세계는 우리가 그것을 개념적으로 어떻게 나눌지 우리에게 알려 주는가, 아니면 그 일은 전적으로 우리에게 달려 있는가? 만약 주어진 본성이 있다면 그 대답은 전자인 것 같다. 세부 사항만 있는 경우 후자와 더 비슷해 보인다.

만약 공통된 본성이 실제라면, 이로 인해 여러분이 그 본성을 가지고 할 수 있는 일이 제한될 수 있다. 사물이 여러분의 계획에 어느 정도 저항할 수 있다는 결과가 나올 수 있다. 그러나 사물에 주어진 본성이 없다면 그것들은 더 유연해져서 더 쉽게 여러분이 목적을 달성하기 위해 사용할 수 있다. 또한 더 쉽게 조작할 수도 있다. 이는 무엇보다도 인간에게 적용된다. 단순히 인간이라는 이유만으로 그들은 특정한 본질적인 특징을 가지고 있는가? 아니면 그것들은 전적으로 문화에 의해 구성되어 더 유연한가? 인간 본성 같은 것이 있다면, 우리가 역사라고 부르는 과정에서 어떻게 우리 자신을 변화시킬 수 있는가? 아마도 대답은 인간 본성이 변화 능력을 배제하지 않는다는 것이다. 반대로 인간 본성이 실제로 변화 능력을 내장하고 있을 수도 있다.

사실주의자와 명목론자 사이의 계속되는 싸움은 사물의 특정한 특성을 얼마나 심각하게 받아들이는지에 대한 질문을 제기한다. 사실주의 진영의 경우 색상이나 질감과 같은 사물의 측면은 우연이며, 이는 사물의 본질에 필수적이지 않다는 의미이다. 얼룩무늬 소는 흑백 소와 마찬가지로 소이기도 하다. 그러나 명목론자 진영에서는 감각적 세부 사항이 엄밀히 말하면 존재하는 모든 것을 의미한다. 우리는 그 세부 사항들을 일반화하여 개념을 생성할 수 있지만 그러한 개념은 단순히 편리한 허구일 뿐이다. 그것들은 센트럴파크와 같이 실제로 존재하는 자연을 의미하지 않는다.

일부 사실주의자들은 사물에 본성이 있다면 그것은 신이 사물에 본성을 부여했기 때문이라고 주장한다. 확실히 신은 자신이 만든 세상과는 언제나 다른 세상을 만들 수 있었다. 그는 코를 고는 자작나무나 죄책감에 짓눌린 장미를 만들 수도 있었지만, 아무리 근시안적으로 생각해도 우리의 주변에 존재하는 그 우주를 선택했다. 그렇다면 이 세상의 본성이나 본질을 제거하는 것은 신성도 제거하는 것과 관련될 수 있다. 왜냐하면 이러한 것들을 그곳에 맨 먼저 둔 이는 신이기 때문이다. 이런 의미에서 비록 많은 명목론자들이 신학자들이었지만, 그 이론은 점점 더 세속화되는 세계에서 비롯되었다. 그건 근대 이전에서 근대로 가는 길을 가리킨다. 인간의 탐구는 더 이상 신이 창조한 사물의 본질을 존중해야 한다고 느끼지 않는다. 이는 우리가 과학으로 알고 있는 프로젝트가 자유롭게 꽃피울 수 있다는 것을 의미한다. 신의 지혜가 세상의 방식을 미리 결정하지 않았기 때문에 우리에게는 과학적 지식이 필요하다. 따라서 지식은 그것을 신학에 묶는 끈을 끊을 수 있다. 인류는 더 이상 자신의 본성에 얽매이지 않고 봉건적·종교적 족쇄를 떨쳐 내고 근대의 자유롭고 자주적인 주체가 될 수 있다. 맥베스와 레이디 맥베스가 이 주제에 관해 날카로운 대화를 나누기도 했다. 일반적인 개념이 점점 더 선호되지 않기 때문에, 특정 개념에 대한 관심도 급증하고 있다. 찰스 테일러Charles Taylor가 말했듯이, "우리는 명목론적 '특정인에 대한 열정'이 서구 문명 역사의 주요 전환점이었다는 것을 돌이켜보면 알 수 있다."[2] 그것은 확실히 문학적 사실주의의 주요 원천 중 하나이며, 동시에 낭만주의의 중심이기도 하다.

인간 본성이 허구라면, 인간은 근본적으로 공통점이 전혀 없다는 결론이 나올 수도 있다. 무엇보다도 실제적인 것은 개인인 반면, 사회적 유대는 부차적인 실제일 뿐이다. 이것이 바로 믿음이 소유적 개인주의의 발흥에 핵심적인 역할을 한다는 것이다.[3] 사회는 서로의 관계를 대부분 도구로 사용하는, 서로 고립된 개인들의 집합으로 구성된다. 이제 개인의 이기적인 이해가 최고로 군림한다. 이 신념을 동반하는 경험론적 사고에 따르면, 감각적인 것이 이성적인 것보다 더 높이 평가된다. 실제적인 것은 당신이 냄새 맡고 만지고 맛볼 수 있는 것이며, 이론과 아이디어는 이른바 감각 데이터로부터 추상화한 것이다. 구체적인 특별함에서 멀어질수록 실제적인 느낌이 떨어진다. 무엇보다도 이것은 사회 변화에 대한 주요 이론을 배제할 수 있다. 급진주의자는 냉혹한 추상 관념에 사로잡힌 환상주의자인 반면, 보수주의자는 가족, 지역, 종교적 신앙이라는 뚜렷한 사실에 뿌리를 두고 있다.

대부분의 근대 문학 유형은 타고난 명목론들이다. 사실 근대 미학은 18세기 중반 독일에서 이른바 구체적인 과학으로 창안되었다.[4] 아이리스 머독의 소설 《그물을 헤치고*Under the Net*》에 등장하는 어느 인물은 "이론과 일반성에서 멀어지는 움직임이 진실을 향한 움직임"이라고 선언한다. "모든 이론화는 도피다. 우리는 상황 자체의 지배를 받아야 하는데, 그 자체가 말할 수 없이 특별하다." 확실히 그럴 수 없다. 처음에 상황을 식별하는 일 자체가 개념 사용을 포함하며, 모든 개념('이것', '독특한', '모방할 수 없는', '말로 표현할 수 없는', '특별한' 등을 포함)은 피할 수 없을 정도로 일반적이다. 상황은 구체적일 수 있지만 '말할 수 없을 정도로' 구체적이지는 않다.

어떤 경우에는 우연의 일치라고 알려진 것들도 차이점보다 공통점이 더 눈에 띌 수 있다. 철학자 마이클 폴라니Michael Polanyi는 "개별 사항이 더 구체적이기 때문에 그 지식이 사물에 대한 진정한 개념을 제공한다는 믿음은 근본적으로 잘못된 것이다"라고 썼다.[5] 그의 견해에 따르면, 우리의 관심을 처음으로 사로잡는 것은 세부 사항이 아니라 패턴이나 통합된 전체다. 사실, 더 큰 맥락으로부터 끌어낸다는 의미에서 구체적인 것은 추상적이다.

두 마리의 토끼를 모두 잡은 아리스토텔레스는 일반적인 본성은 존재하지만, 오직 특정한 것, 구체적인 것을 통해서만 존재한다고 주장한다. 새뮤얼 존슨Samuel Johnson은 다른 18세기 신고전주의 비평가들과 마찬가지로 이 주장을 믿었다. 예술은 일반적인 유형을 다루어야 하지만, 그러기 위해서는 유형을 특수화해야 한다. 예를 들어, 토지 소유자는 토지 소유자가 일반적으로 하는 방식으로 행동하는 것으로 보여야 하지만, 그는 또한 다른 사람이 아닌 이 개인으로 묘사되어야 한다. 이런 방식으로만 예술은 보편적인 진실을 전달할 수 있으며, 동시에 우리는 나무 연기 냄새처럼 이러한 진실을 느낄 수 있다. 구체적인 것 자체는 우리의 관심을 끌기에는 너무 덧없고 하찮은 것이다. 중요한 것은 영웅의 도덕적 성격이지 아침 식사로 무엇을 먹느냐가 아니다. 일시적인 예술

은 지속되지 않는다.[6] 본질은 우연보다 더 중요하다. 이 견해
는 오직 이 독특한 구체성만이 이 보편적 진리를 전달할 수
있다고 생각하는 일부 낭만주의 시인 및 이론가들의 견해와
대조될 수 있다. 문제의 구체적인 항목은 상징으로 알려져
있다.

2. 죄르지 루카치의 경우

우연이 아닌 전형적인 것에 대한 새뮤얼 존슨의 주장은 근대 문학적 사실주의에 대한 가장 저명한 옹호자 중 한 명인 죄르지 루카치György Lukács의 관심을 끌었을 것이다. 그는 "아마도 공산주의 운동이 배출한 가장 위대한 문학적 인물"로 묘사되어 왔다.[7] 좌익 문학계에서 그는 확실히 가장 논란이 많은 인물 중 한 명이었다. 요즘 문학 평론가는 대개 대학에서 볼 수 있지만 루카치의 파란만장한 경력은 대학 회랑과는 동떨어진 곳에서 이루어졌다. 그는 전문적인 혁명가이기도 하며 박식한 유럽 문화학자였다. 1885년 부다페스트에서 태어난 그는 1919년 단명한 헝가리 소비에트 공화국에서 공교육 부위원으로 활동했으며, 이 실험이 패배한 후 한동안 모국에서 비밀리에 일했다. 그는 비엔나와 모스크바에서 수년을 보냈으며 1923년에 가장 잘 알려진 작품인《역사와 계급의식*History and Class Consciousness*》을 출판했는데, 이 작품은 국제 공산주의 운동의 상당 부분에서 비난을 받았다. 나치가 정권을 잡자 루카치는 소련으로 피신했다. 그러나 그는 트로츠키주의 요원이라는 혐의로 체포되어 잠시 감옥에 갇혔다. 그럼에도 불구하고 그는 스탈린주의의 빙하기 시대에서 살아남았다. 헝가리로 돌아온 후 그는 봉기를 지지했다. 1956년 소련의 지배자들에 맞서 싸웠고, 단명 정부에서 문화부 장관이 되었다. 반란군이 폭력적으로 진압되자 그는 다시 한번 도피했다. 마침내 고향인 부다페스트로 돌아온 그는 1971년 그곳에서 사망했다. 반란군, 죄수, 정치적 망명자, 지하 혁명가로서의 그의 경력은 그 자신이 다른 모든 예술 형식보다 칭찬했던 일종의 매력적인 현실주의 서사를 만들어 냈다. 그의 개인적 운명은 그가 찬탄했던 사실주의 방식으로 일련의 역사적 사건들과 얽혀 있었다.

루카치의 문학적 사실주의 이론의 대부분은 미학에 관한 헤겔의 글에서 파생되어 나온 것이다. 루카치의 유물론자 동료 일부는 루카치가 이상주의 철학자에게 그토록 깊이 빚을 졌다는 사실을 잘 받아들이지 않았고, 그로 인해 그는 여러

차례 굴욕적인 경우에 이런저런 영향력을 철회해야 했다. 루카치는 《유럽 사실주의 연구*Studies in European Realism*》 및 《역사 소설*The Historical Novel*》과 같은 저술에서 사실주의 소설이 사회의 근본적인 흐름과 갈등을 드러내는 동시에 이러한 갈등을 예술적 전체로 통합하는 것으로 본다. 사실주의는 마르크스주의 관점에서 볼 때 가장 중요한 역사적 발전을 의미하는 전형적인 것에 관심을 갖는다. 그러나 이것들은 믿을 만한 개인과 사건의 묘사를 통해 현실감을 부여해야 한다. 진정한 사실주의 예술은 루카치가 셰익스피어와 발자크의 특징으로 본 개성과 전형성을 결합한다. 실제로 카를 마르크스도 그러했다. 이러한 예술 양식은 사회적인 것과 개인적인 것을 융합함으로써 통일성이 분열되는 자본주의 사회의 소외에 대한 대안을 제시한다. 루카치는 이 견해에 대한 중요한 비판을 다루지 않는다. 즉, 생생하고 구체적인 세부 사항으로 일반적인 외관을 설명함으로써 그 전망을 예시하는 것들을 보다 견고하게 만들 수 있으며, 그렇지 않았더라면 논쟁했을 것을 논쟁의 여지가 덜한 것으로 만들 수 있다는 비판인 것이다.

그렇다면 사실주의는 단순히 테크닉의 문제가 아니다. 말하자면 사실주의는 세계 자체가 표현되기를 원하는 방식이며, 세계의 가장 깊은 구조를 표현하는 예술이다. 루카치가 비판적 사실주의라고 부르는 것은 스탕달에서 토마스 만에 이르는 소설의 위대한 전통을 의미하는데, 그는 그것을 중간 계급 인문주의의 소중한 유산의 일부이며, 야만적인 파시즘에 맞서 재확인되어야 할 유산이라고 생각한다. 모더니즘과 파시즘은 비합리주의의 쌍둥이 형태로 간주된다. 그러므로 마르크스주의자들은 부르주아 예술가와 사상가를 가장 존경하는 조상으로 올려놓는 것을 두려워해서는 안 된다. 결국 마르크스 자신도 헤겔과 수많은 저명한 부르주아 경제학자들로부터 지속적으로 배웠던 것이다.

루카치의 견해에 따르면 비록 결정적인 방식은 아니지만 사회주의 달성을 위해 일하는 잠재적인 역사적 세력이 있다. 따라서 이러한 세력을 극적으로 묘사하는 문학 작품은 작가의 정치적 견해에 관계없이 진보적이라는 결론이 나온다. 역사 그 자체는 말하자면 어떤 면에서는 일방적이기 때문에 역사를 있는 그대로 묘사하는 것은 필연적으로 당파적일 수밖에 없다. 사실, 작가의 정치적 견해는 이쪽도 아니고 저쪽도 아니다. 루카치는 "톨스토이의 사례는 세계 역사상 위대한 예술가가 완전히 잘못된 철학을 바탕으로 불멸의 걸작을 창조한 유일한 사례는 아니다"라고 말한다.[8] 이런 역설적인 칭찬은 정말로 비길 데가 없다. 역사적 여건이 무르익는 한, 문학작품은 작가의 정치적 입장이 무엇이든 진실을 포착할 수 있다. 스콧, 발자크, 스탕달로부터 톨스토이, 토마스 만에 이르기까지, 루카치가 존경하는 사실주의자들은 결코 혁명가들이 아니다.

마르크스주의자로서는 이례적이지만, 루카치가 작가 개인의 천재성을 중시한다는 것은 사실이다. 그러나 그는 여전히 역사적 조건을 우선시한다. 작품이 역사의 내면적 논리를 포착할 수 있는지 여부는 작가 개인의 능력뿐만 아니라 그가 속한 역사적 순간에 달려 있다. 사실주의는 그 순간을 전체적으로 볼 수 있으며, 이를 생성하는 클래스가 여전히 역동적이고 미래 지향적인 단계에 있을 때만 가능하다. 루카치는 발자크를 자신의 상황을 전체적으로 파악하는 능력을 보여주는 대표적인 예로 꼽는다. 그러나 중간계급 사회가 퇴화하기 시작하면서 비판적 사실주의도 쇠퇴하기 시작한다. 루카치가 보기에 1848년 유럽에서 일어난 일련의 대중 봉기의 패배는 부르주아지의 '진보' 단계의 종말을 예고한다.

루카치는 이 침체의 마지막 단계를 모더니즘의 재앙으로 본다. 모더니스트 운동의 정점은 제1차 세계대전으로 알려진 중간계급 문명의 붕괴와 일치한다. 이 시대에는 군사적 학살뿐 아니라 사회적 혼란, 경제 위기, 정치적 반란이 목격되었다. 이러한 문제에 휩싸인 중간계급은 남아 있는 비전의 힘을 모두 상실했고, 더 이상 역사적 발전을 이룰 수 없음이

입증되었다. 한때 혁명적 세력이었던 것이 반동적 세력으로 변하고 있다. 그 쇠퇴는 역사적 경쟁자인 노동계급 운동이 이제 현장에 등장했다는 사실로 인해 더욱 가속화된다. 사회의 전반적인 논리를 파악할 수 있는 사회계급만이 혁명적 행동을 할 수 있다. 이는 중간계급이 전성기에 달성했던 폭넓은 사회적 비전을 노동계급이 계승해야 함을 의미한다.

상당수의 모더니스트 예술은 이 황폐한 역사적 풍경에서 눈을 돌려 예술의 자율성으로 후퇴한다. 구체적인 것은 추상적인 것에 희생된다. 루카치는 카프카·프루스트·무질Musil·조이스·베케트·카뮈 등의 소외된 세계에서는 객관적 현실이 석화되거나 산산조각이 난다고 주장한다. 이제 세상은 일관성이 없고 불가해하다. 더 이상은 위대한 사실주의 작가들처럼 복잡한 총체성을 파악하는 것이 불가능하다. 냉소주의와 허무주의가 예술적인 톤을 형성한다. 루카치는 "모더니즘은 그 미적 장치를 통해 부르주아적 삶의 천박함과 공허함을 고양한다"고 불평한다.[9] 문학은 일탈적이고 정신병적인 것에 병적으로 집착하게 된다. 인간 주체가 사회적 공백에 갇히게 되면서 그들 역시 이음새에서 무너지기 시작한다. 루카치의 표현을 빌리자면, 우리는 "죽은 객관성과 공허한 주관성" 사이에 갇혀 있다.[10] 사실주의적 성격의 견고함은 일련의 단편적인 정신 상태로 용해된다. 개인은 상호 고립되고 사회적 관계가 박탈되는 반면, 역사는 정적이고 순환적이거나 방향성이 없게 된다. 진정한 역사적 감각이 상실되면서 내러티브는 휘청거리거나 단순히 붕괴된다. 따라서 20세기 최고의 문학가들 대부분은 애초에 결코 목표로 삼지 않았던 사실주의 형식을 달성하지 못했다는 이유로 곤경에 처할 수 있다. 이런 의미에서 정치 혁명가인 루카치는 묘하게 전통주의적인 예술 버전을 제시한다. 아리스토텔레스부터 미국의 신비평가까지 작품을 하나의 매끄러운 전체로 취급하는 유서 깊은 역사를 가지고 있다.

테오도르 아도르노Theodor Adorno를 비롯한 여러 마르크스주의 이론가들은 상품 형태의 주권을 고려할 때 추상성이 자본주의에 내재되어 있다고 주장해 왔다. 이는 상품 형태의 주권 때문이다. 상품은 그 물질적 내용이 단순히 교환 행위에 의해 결정되는 가치와 무관하다는 점에서 추상적이다. 그렇다면 현실 자체가 추상성으로 가득 찬다면, 이러한 조건을 반영하는 예술이 사실주의라고 평가되지 않는 이유는 무엇인가? 그리고 고독과 허무함이 현대적 주체의 운명이라면 왜 이러한 조건을 예시하는 예술이 그렇지 않은 예술보다 더 진실하다고 판단되지 말아야 하는가? 루카치는 예술이 주변 환경을 반영하는 것 이상의 일을 해야 한다고 대답한다. 예술은 근본적인 역사적 중요성을 밝혀야 한다는 것이다. 그리고 그는 바로 모더니즘이 성취할 수 없는 것이 바로 이것이라고 주장한다. 모더니즘 예술은 사회와 개인의 갈등을 해결하기는커녕 단순히 그것을 표현할 뿐이다. 동시에 엘리어트의 《황무지》와 파운드의 《칸토스 *The Cantos*》에서처럼 분열이 문학 형식 자체에 침입하기 시작한다. 작품은 더 이상 우리에게 복잡하고 잘 통합된 총체성을 제시하지 않는다. 대신, 작품은 자본주의 아래서 사회 전체의 다양한 특징이 서로 분리되어 그 자체가 사물로 구체화되는 방식을 반영한다.[11] 루카치가 모더니스트 예술에 대해 반대하는 것 중의 하나는 갈등을 화해되지 않은 상태로 남겨 둔다는 것으로, 일부 사람이 보기에 이 반대는 루카치 자신이 주장하는 방식보다 더 사실적인 움직임일 수도 있다. 헝가리의 마르크스주의 평론가인 요제프 레바이József Révai는 "작가가 아무리 엄청난 노력을 기울여 반대를 '해산'시켜 종합하려고 노력한다고 해도 그것만으로는 위대해지지 않는다. 오히려 작가는 이런 반대되는 점을 드러내거나 적어도 두 가지의 화해할 수 없는 성격을 지적함으로써 위대해지는 경우가 많다."라고 말하면서 동료들의 통일하려는 충동을 질책했다.[12]

루카치의 사실주의에는 스콧에서 톨스토이에 이르는 소설보다 훨씬 더 예전으로 거슬러 올라가는 내용들이 포함된다. 여기에는 고대의 아이스킬로스와 중세의 셰익스피어까지 거슬러 올라가는 고급 예술의 유산이 들어 있는 것이다. 세 가지 주요 단계는 고대 그리스, 르네상스, 19세기 초 프랑스이다. 따라서 루카치의 사실주의는 보편적인 범주이고, 실제로 모든 진정한 예술의 본질이지만, 역사적으로 특정한 범주이기도 하다. 이 두 가지 주장이 양립할 수 있는지는 확실하지 않다. 루카치가 마르크스주의자로서 예술은 구체적인 역사적 조건에서 비롯된다고 주장한다면, 사실주의는 왜 그렇게 다양한 시대에 걸쳐 지속되는 것일까? 그것은 이상하게도 비역사적인 관점이다.

역사적 유물론자 에우리피데스Euripides의 〈메데아〉와 월터 스콧Walter Scott의 《웨이벌리Waverley》가 실제로 같은 범주에 속할 수 있는가? 확실히 마르크스주의 이론은 서로 다른 역사적 시기에 공통된 수많은 현상(노동·국가·이데올로기·착취)을 인정한다. 그러나 이러한 현상들은 수 세기에 걸쳐 서로 매우 다른 형태를 취하는 반면, 루카치의 사실주의 개념은 소포클레스부터 스탕달까지 놀라울 정도로 변함이 없다.

이 이론에 따르면 사실주의 소설의 내용은 역사적이지만 형식은 유토피아적이다. 투쟁·불화·격변이 있지만 이런 것들은 작품의 형식적인 통일성 안에 포함되어 있다. 마치 문학적 형식이 우리에게 조화로운 미래를 미리 맛보게 해 주는 것과 같다. 그러나 이것이 희망의 음표를 울린다고 하더라도 확실히 음은 소거되어 있다. 그렇다면 사실주의가 스탈린주의 황무지에서 아직도 발견할 수 있는 진정한 인간성의 몇 안 되는 형태 중 하나를 대표한다면 어떻게 될까? 다수가 아닌 소수가 추구하는 모든 것 중에서 사실주의 소설을 쓰는 것이 역사적 의제에서 사라진 것처럼 보이는 진정한 사회주의를 대표한다면 어떨까? 사회주의는 정의롭고 평등한 사회를 건설하는 것을 목표로 하지만, 이를 위해서는 개인의 자유와 성취가 번영할 수 있는 방식으로 이루어져야 한다. 마찬가지로 사실주의 소설은 전체성을 구성하지만 개별 구성 요소를 통해 달성되는 전체성을 구성한다. 이와 대조적으로 스탈린주의는 독특하게 구체적인 것을 무시하는 방식으로만 전체성을 달성한다. 이런 의미에서 문학적 사실주의는 그것에 대한 암묵적 비판의 역할을 할 수 있다. 스탕달과 톨스토이를 찬양하는 것은 소련 정권을 비난하는 코드가 된다. 이는 또한 소련의 공식 예술 노선이 된 사회주의 사실주의에 대한 공격이기도 하다. 루카치는 퇴폐적인 모더니즘만큼이나 이 예술 형식에도 적대적이었지만, 스탈린 치하에서는 정치적으로 신중을 기하느라 이 예술 형식을 문학적 사실주의라고 부르는 것을 자제했다. 그는 또한 부르주아 자연주의를 비판한다는 구실로 이를 공격한다. 이 일은 나중에 살펴보게 될 것이다.

《현대 사실주의의 의미*The Meaning of Contemporary Real-ism*》에서 루카치는 사회주의 사실주의에 경의를 표하지만, 또한 그 이름으로 통과되는 많은 것들을 날카롭게 비판한다. 사회주의 사실주의는 많은 조롱을 받아 온 예술의 한 형태로, 특히 근심에 지친 얼굴로 장밋빛 새벽을 바라보며 트랙터에 걸터앉은 건장한 노동자들의 초상화 때문에 더욱 그렇다. 그러나 실제로 사회주의 사실주의는 이전의 문화적 정통성과 비교해 보았을 때 소비에트 연방에서 예술에 대한 덜 엄격한 접근 방식을 대표했다. 이 정통성의 관리자는 러시아 프롤레타리아 작가 협회였으며, 적절하게도 러시아 약어는 RAPP였다. 분파적이고 독단적이며, 공격적으로 계급의식이 강하고 선의의 동지들을 무시하는 RAPP와 그 지지자들은 건설 현장과 공장 바닥에서 집단 소설 쓰기와 같은 프로젝트를 옹호했다. 살만 루슈디Salman Rushdie나 이언 매큐언Ian McEwan이 이런 일들을 좋아하리라고는 생각할 수 없다.

1934년 소련 작가 대회에서 사회주의 사실주의라는 새로운 정책이 공식적으로 공개되었다. 익명의 서문은 어떤 연설을 선택했는지를 언급하며 대회가 진행되는 동안 "수백만 명의 노동자를 포함한 전체 소련이 문학에 대한 질문에 관심을 집중했다고 해도 과언이 아니다"라고 진지하게 선언한다."[13] 나는 푸쉬킨과 고골의 상대적 장점에 대해 토론하기 위해 몇 시간 동안 삽에 기대어 쉬고 있는 농장 노동자의 모습을 상상할 수 있다. 그러나 부르주아 문학은 완성되었고 소련 문학은 세계 최고라고 선언했는데도 불구하고 대부분의 참가자들은 현상 유지에 대해 조심스럽게 비판할 준비가 되어 있다. 프롤레타리아 작가들은 특히 형식과 문체의 문제에서 비판적 사실주의 언어의 대가들로부터 배워야 한다. (작가 니콜라이 톨스토이는 이 점에 대해 좀 더 여유를 갖고 "우리는 서투르고 긴 설명이나 지루한 성격 묘사를 두려워할 필요가 없다. 우리에게는 기념비적인 사실주의가 필요하다!"라고 주장한다.)[14]

작가들이 프롤레타리아 세계관에 충실한 한 다양한 문학 형식이 육성되어야 한다. 순전히 사진적인 자연주의는 거부되어야 한다. 사회주의 사실주의는 현실을 수동적으로 반영하는 것이 아니라 사회의식의 변화를 모색해야 한다. (만약 당시 소련 소설이 실제로 민족의 비참한 상황을 반영했다면 국가의 승인을 얻지 못했을 것이라는 점은 주목할 가치가 있다.) 이 임무를 추구하면서 사회주의 작가들은 문화적 자원을 활용해야 한다. 비록 막심 고리키Maxim Gorky의 관점에서 볼 때 문화 창조에서 중간계급의 역할이 크게 과장되어 왔다고 하더라도, 그 과장은 이전의 모든 시대와 비교했을 때 그런 것이다. (당황스러운 일이지만 그는 부르주아 문학은 고대 이집트·그리스·로마에서 시작되어 봉건 사회에서 다시 출현했다고 선언한다.) 프롤레타리아적 문학은 미래를 예고할지 모르지만 지금까지는 한심할 정도로 희박하고 부족했다. 그러나 부르주아지는 죽음의 고통에 빠져 있기 때문에 더 반체제적인 작가들이 이 진영을 버리고 노동계급의 대의를 위해 합류하지 않는 한, 더 이상 주요 예술 작품을 생산할 수 없다.

이런 점에서 칼 라덱Karl Radek은 "유일한 구원은 프롤레타리아트와의 동맹에 있다"는 것을 깨닫고 있는 "영국 부르주아 중심부, 옥스퍼드"에 있는 작가 그룹을 자랑스럽게 지적한다.[15] W.H. 오든과 그의 시 세계 동료들은 '파시스트' T.S. 엘리엇과 대조적으로 계몽된 계급 배신자의 역할 모델로 여겨진다. 그러한 정치적 충성의 변화가 없다면 중간계급 문학의 운명은 "파시스트 감옥에서 썩고, 포르노그라피의 오물 구덩이에서 부패하며, 신비주의의 그림자 속에서 방황하는 것"이다.[16] 프롤레타리아 문학은 또한 회의적인 시민들에게 사회주의 건설에 있어 엄격한 조치의 필요성을 확신시키는 데 도움이 될 수 있다. 라덱이 열정적으로 말하듯 쿨락(부농) 계급을 청산해야 할 필요성을 파악하지 못한 사람들은 미하일 숄로호프Mikhail Sholokhov의 소설을 읽은 후 다음과 같이 선언하는 것을 들었다. "숄로호프는 나에게 그렇게 되어야 한다고 확신시켰다."[17]

그럼에도 불구하고 비판적 사실주의의 거장들은 여전히

프롤레타리아 예술의 빈약한 작품보다 당황스러울 정도로 높이 우뚝 솟아 있다. 발전하려면 프롤레타리아 예술은 계급 투쟁에만 초점을 맞추는 것을 버리고 전체 사회 과정에 열려 있어야 한다. 역사와 사회뿐만 아니라 감정과 심리학에도 관심을 기울여야 한다. 니콜라이 부하린Nikolai Bukharin에 따르면, 단순히 "기본적인 초상화, 붉은 깃발이 박힌 들보"가 아니라 "생명의 다양성 전체"가 그 자체로 묘사되어야 한다.[18] 추상적인 아이디어는 유형의 이미지를 입혀야 한다. 역사는 정적인 방식이 아니라 역동적인 발전 방식으로 묘사되어야 한다. 그 전망이 비전적이고 영웅적임에도 불구하고, 대회에서 옹호하는 글쓰기 브랜드는 또한 냉정하고 예의바르며 근본적으로 도덕적이다. 즉 그 감성은 프롤레타리아적일 뿐만 아니라 소부르주아적이기도 하다. 고리키가 약속한 것처럼, 주인공이 바지를 입은 두 발 달린 호색한 염소인 타락한 소설은 더 이상 없을 것이다. 또한 우리는 "현미경을 통해 영화 장치로 촬영한 벌레가 기어다니는 똥 더미"라고 칼 라덱이 연단에서 천둥처럼 소리치며 비난했던 조이스의 《율리시스Ulysses》(1922)와 같은 작품을 더 이상 볼 수 없을 것이다.[19]

3. 사실주의와 자연주의

사회주의 사실주의에 대한 혐오감에도 불구하고 루카치의 문학적 견해는 어떤 면에서는 묘하게 사회주의 사실주의와 가깝다. 그와 사회주의 사실주의자들은 둘 다 좁은 계급 기반의 허구를 비난한다. 둘 다 사진 같은 자연주의에 적대적이다. 둘 다 부르주아 사실주의의 걸작을 칭찬한다. 둘 다 성격에 대한 좀 더 내면적이고 심리학적인 묘사를 위해 순전히 도형적인 문법적 예술을 거부한다. 적어도 사회주의 사실주의 이론은 그러했다. 하지만 우리가 살펴본 것처럼, 실천에 있어 루카치는 이러한 형태의 글쓰기가 문학의 자연주의에서도 발견한 일부 오류를 비난하면서 완전히 문제가 있다고 생각했다. 그는 사회주의 사실주의 소설과 자연주의 소설은 모두 비판적 사실주의에서 벗어났다고 비난했다.

보다 개략적으로 말하면, 19세기 후반의 자연주의는 모든 현상이 영적, 초자연적 또는 (특히 냉철한 자연주의자들의 경우) 심리학적 설명에 의존할 필요 없이 자연적이거나 과학적 용어로 설명된다는 확신에 기초하고 있다. 한마디로 물질주의의 한 형태이다. 사실, 근대 유럽 역사에서 때로 두 용어는 동의어였다. 사실주의가 예술적 스타일을 가리키는 것과는 달리 자연주의는 자의식적인 운동에 가깝다. 이와 관련된 작가 중에는 플로베르, 졸라, 모파상, 공쿠르 형제, 입센, 쇼, 기싱, 스트린드베리, 씨어도어 드라이저, 잭 런던, 업튼 싱클레어, 아널드 베넷, 존 갈스워시 및 H.G. 웰즈가 있다. 독자들은 이 작가들의 군집이 특정 성별만 모아 놓은 것이 아니라는 점을 주목할 수 있다. 작가는 주변 환경을 관찰하는 준과학적 관찰자로서 냉정하고 극도로 객관주의적인 스타일로 인물과 사건을 조사한다. 작가를 매료시키는 것은 인간보다는 인간의 행동을 결정하는 물질적·심리적·생리학적 법칙이다. 사실주의 작가들은 자신이 창조한 인물들과 감정적으로 관계를 맺을 수 있고, 어떤 사람들은 심지어 그들의 영웅이나 여주인공과 은밀하게 사랑에 빠졌을 수도 있지만, 자연주의는 이것을 낭만적인 방종의 한 형태로 일축했다. 자연주의는 엄격한 비인격성이 핵심이다. 예술이 과학을 이길 수 없다면 적어도 과학에 합류하려고 노력할 수는 있다. 따라서 이제 과학적 정신은 전통적으로 가장 저항력이 강한 것으로 입증된 지형, 즉 상상력이 풍부한 문학을 식민지화할 것이다. 사진의 영향도 분명하다. 자연주의 소설에 적용될 때 '사진'이란 단어는 일반적으로 현실에 대한 중립적인 기록과 같은 것을 의미하지만, 대부분의 사진 이론가들은 예술을 그렇게 생각하지 않는다.

에밀 졸라는 "나는 단순히 사실을 설정하는 관찰자일 뿐이다"라고 선언한다.[20] 과학자의 절차는 사실을 다루고 실제로 어떤 가설의 맥락 내에서 사실로 간주되는 것을 오직 내부에서만 확립하는 것이므로 이 선언과는 정확히 일치하지 않는다는 점에 주목할 수 있다. 그럼에도 불구하고 졸라의 관점에서 작가는 단순히 세계를 수동적으로 관찰하는 사람이 아니다. 대신 작가는 유전과 환경의 공동 영향 아래서 캐릭터가 어떻게 행동하는지 기록하기 위해 캐릭터를 일련의 상황에 배치하는 실험자이다. 이에 대한 흥미로운 반향으로 워스워드와 콜리지는 그들의 책 《서정시집》 서문에서 남성과 여성이 정서적 흥분 상태에서 아이디어를 결합하는 방식을 관찰하는 시인의 원시적 자연주의 정신을 드러낸다. 마치 워스워드의 활동 무대였던 레이크 디스트릭트를 실험실로 개조한 것 같다. 랠프 왈도 에머슨Ralph Waldo Emerson은 박물학자처럼 동포들에게 "감상주의를 현실주의로 대체하고, 보이든 보이지 않든 만연하고 지배하는 단순하고 끔찍한 법칙을 과감히 밝혀내라"고 권고한다.[21]

졸라의 관점으로 본다면, 자연주의는 생리학의 연속이자 완성이다. 다른 여러 과학과 마찬가지로, 자연주의는 자연을 정복하고 자연에 대한 인간의 주권을 행사하는 데 간접적으로 기여한다. 세상을 지배하는 법칙을 분석하는 목적은 우리를 그 법칙의 주인으로 만드는 것이다. 여성과 남성은 환경의 산물이지만 환경을 재구성할 수도 있다. 자연주의 소설은 자연에 대한 소설의 힘을 고취하는 데 있어서 예술적이라기보다는 기능적이다. 실제로 자연주의 소설은 반예술적이라고 표현될 수도 있다. 자연주의 소설은 종이 위에서 낭만적 이상주의의 모든 흔적을 몰아내려는 창의적인 상상력과 의도를 경계한다. 졸라는 "상상력은 더 이상 기능하지 않는다"고 의기양양하게 선언한다.[22] 루카치는 "자본주의 산문이 삶의 시를 이겼다"고 한탄한다.[23] 공상의 비행은 끈질긴 사실 수집과 공들인 증거 문서화에 자리를 내준다. 사례 연구가 도덕적 상황을 대체하고, 기질이 성격을 찬탈한다. 자연주의자들의 목표는 예술성이 아니라 진실이다.[24] 문제가 되는 진실이 이제 과학적인 종류라는 사실을 제외하면 그것은 예술의 오랜 명예로운 목적이다.

이런 종류의 글을 쓰면서 루카치는 인간이 생물학적 유기체로 전락한다고 주장한다.[25] 개인은 유형이 아니라 표본에 양보한다. 동시에 사회적 현실은 구체화되고, 변하지 않는 제2의 천성으로 취급된다. 비판적 사회주의의 정점에 도달한 주체와 객체의 역동적인 관계는 단절되고, 속이 빈 인간은 생명 없는 세계와 마주하게 된다. 자연주의 예술은 개인을 단순히 사회적·유전적·인종적·기질적 요인의 산물로 간주한다. 따라서 인간의 자유로운 선택 의지는 거부된다. 사회적 존재는 물리적 세계와 마찬가지로 법칙에 의해 엄격하게 통제된다. 졸라는 "하나의 동일한 결정론이 도로의 돌과 인간의 두뇌를 지배해야 한다"고 썼다.[26] 이는 문화와 자연, 또는 심리학과 생리학의 구별을 존중하는 비판적 사실주의의 경우에는 해당되지 않는다.

자연주의에는 인류에 대한 장밋빛 비전이 거의 없다. 부서지기 쉬운 문명의 겉치장 아래에는 어떤 짐승 같은 본능과 열정이 숨어 있으며, 이를 철저하게 중립적인 스타일로 기록하는 것이 예술가의 임무이다. 좋고 나쁨, 아름답고 추함 같은 판단은 그들에게 무관심한, 멍하니 있는 자연에 강요된 순전히 주관적인 편견일 뿐이다. 따라서 가치는 사실과 동떨어져 있거나 완전히 거부된다. 예술은 천체물리학보다도 더 도덕성과 관련이 없다. 에리히 아우어바흐는 다음과 같이 불평한다.

> 인간 생활의 열정과 얽힘을 깊숙이 꿰뚫어 보고자 노력하지만 그 자체로 감동을 받지는 않고, 적어도 그것이 감동적이라는 사실을 드러내지 않는 객관적인 진지함, 이것은 예술가보다는 사제나 교사, 또는 심리학자에게 기대하는 태도다.[27]

자연주의 예술가는 화학자가 망간 조각에 대해 도덕적 판단을 하지 않는 것처럼 더 이상 자신의 인물에 대해 도덕적 판단을 내리지 않는다. 그의 임무는 비판적이거나 당파적인 정신으로 자신의 자료에 접근하기보다는 주변 세계를 왜곡하거나 이상화하지 않고 묘사하는 것이다.

어쨌든 진화는 기존 계급 순위의 기반을 허물었다. 때가 차면 어느 미천한 유기체가 훌륭하게 번성하는 생명으로 진화할 수 있을지의 여부를 누가 알 수 있겠는가? 토머스 하디가 알고 있었던 것처럼, 가장 사소한 행동이 소포클레스 규모의 비극을 낳을 수 있다는 것도 사실이다. 따라서 주제에 대한 평등주의가 확립된다. 오히려 모든 시민이 정치적으로 대표될 권리가 있듯이 세상에 존재하는 모든 것이 아무리 추

악하고 진부하더라도 결국 소설의 표지와 표지 사이에 들어
갈 권리가 있다. 주제가 도덕적이거나 미학적으로 추하거나
를 논하는 것은 요점에서 벗어나는 것이다. 이런 점에서 자연
주의는 낭만주의에 대한 극단적인 반응을 나타낸다. 공쿠르
형제는 "19세기, 보통 선거권과 민주주의, 자유주의 시대에
살면서 우리는 우리가 '하층계급'이라고 부르는 사람들이 소
설에 대한 권리를 갖고 있지 않은지 자문해 왔다"고 말한
다.[28] 한 비평가가 귀스타브 플로베르가 민주주의 정신에 따
라 "가치 있는 주제와 가치 없는 주제 사이, 서술과 설명 사
이, 전경과 배경 사이, 궁극적으로 사람과 사물 사이의 모든
위계를 제거한 것처럼 모든 단어를 평등하게 만들었다"고
언급한다. 이 논평은 자연주의 전반에 적용될 수 있다.[29] 미
국 작가 윌리엄 딘 하웰스William Dean Howells는 이런 종류
의 소설은 위계를 확립하는 것을 거부하며 사소한 것을 찾지
않고 오히려 "사물의 평등과 인간의 통일성을 모든 신경에
서 느낀다"고 주장한다.[30] 그것은 문학적 민주주의의 한 형
태이자 일종의 유사과학이다. 19세기 말에 투표권이 일반
대중에게 확대된 것처럼 중간계급의 사실주의도 마찬가지로
그러했다. 겸손하고 눈에 띄지 않는 사람들을 지지함으로써
자연주의 예술가들은 사회주의자들과 페미니스트들과 긴밀
한 동맹을 맺을 수 있었다.

비판적 사실주의는 예외적인 인물에 초점을 맞추는 경향이 있는 반면, 자연주의 예술은 반영웅적이며 주목할 만한 것보다는 일상적인 것에 끈질기게 집착한다. 루카치의 견해에 따르면 사회 현실에 대한 순전히 외적이거나 기계적인 접근 방식을 취해야 한다는 선고를 받았다. 비판적 사실주의와 달리, 자연주의는 숨겨진 진실을 밝히기 위해 사회생활의 그럴듯한 표면을 탐구할 수 없다. 헤겔식 용어로 자연주의는 '나쁜 직접성'을 나타낸다. 테오도르 아도르노는 루카치가 자연주의라고 부르곤 했던 것에 '사실주의'라는 용어를 사용하면서 다음과 같이 선언한다.

> 오늘날 모든 사실주의 미학의 반동적 성격은 그 상품성 성격과 분리될 수 없다. 사실주의는 사회의 현상적 표면을 확실히 강화하려는 경향이 있어서 그 표면을 관통하려는 모든 시도를 낭만적인 노력으로 일축했다.[31]

자연주의의 정치는 모호하다. 비록 위대한 사실주의자들의 비판적 추진력을 포기한다고 하더라도, 자연주의는 결코 건전한 생활을 하는 중간계급의 마음에 들지 않는다. 1881년 한 영국 신문은 "에밀 졸라가 '자연주의'라는 새로운 이름을 발견한 그 모욕적인 사건들에 나오는 불필요한 묘사"에 대해 말한다.[32] 플로베르의《보바리 부인*Madame Bovary*》은 자연주의라는 이름이 적절하다고 기대된 작품이지만 부도덕하다고 널리 비난받았고, 작가 자신도 기소되었다. 당시 문제가 된 문학적 꼬리표는 자연주의가 아니라 사실주의였다. 프랑스 화가 귀스타브 쿠르베는 농민과 노동자를 묘사했다는 이유로 미술계로부터 비난을 받았고, 반격의 한 형태로 사실주의 선언문을 발표했다. 1855년 파리 박람회에서 그의 그림 전시를 거부하자 그는 보복으로 사실주의 그림 전시관을 세웠다. 사회주의자이자 반성직주의자라고 비난받은 그는 1871년 파리 코뮌에 참여했고 강제로 망명해야 했다.

자연주의는 경험 전체를 예술적 방앗간으로 간주하기 때문에 정욕·폭력·빈곤이 가득한 도시 지하세계에 안주하고 있으며, 예의 바른 사회에 의해 은밀하게 억압되고 있다. 유전성 매독을 다룬 헨리크 입센의 희곡《유령*Ghosts*》은 대부분의 유럽 전역에서 금지되었으며, 한 비평가는 이 작품이 런던에서 상연되었을 때 "이 작품에는 독액이 분수처럼 치솟아 오른다고 표현할 만한 비판들이 쏟아졌고, 이와 견줄 만한 작품은 거의 없었다"고 기록했다.[33] 이 연극은 영국의 수도에서 공연을 단 한 번 했을 뿐이었다. 일반적으로 자연주의는 중간계급 수호자들로부터 도덕적으로 공포에 질린 울부짖음을 불러일으켰는데, 그들은 자연주의를 역겹고 혐오스

러운 것으로 여겼다. 까다로운 헨리 제임스는 자연주의 소설
이 상대적으로 경쾌함·재치·유머가 부족하다고 했는데, 그
지적은 옳았다. 그는 졸라의 소설《목로주점L'Assommoir》이
열린 하수구에서 나오는 것처럼 지독한 악취로 가득 차 있다
고 생각했다.[34] 1950년대와 60년대에 영국의 이른바 '부엌
싱크대 극작가kitchen sink dramatist'들도 똑같은 혐오감을
불러일으켰다.

이러한 격분은 오스카 와일드의 경구를 빌리자면, 거울 속
에서 자신의 얼굴을 본 속물 부르주아의 분노를 대변한다.[35]
그럼에도 불구하고 졸라와 그의 동료들의 작품에서 우리가
만나는 인물들은 대부분 디킨스의 소설에 나오는 서기들 혹
은 헨리 제임스의 소설에 나오는 상속녀가 아니라 광부, 성
노동자, 알코올 중독자, 사소한 깡패, 가난한 상점 점원 및
꽉 막힌 농부들이다. 도시 프롤레타리아트와 가난한 농민이
중앙 무대로 이동함에 따라 소설의 전체 계급 기반이 바뀌기
시작한다. 그러나 그들은 사회적 행위자라기보다는 연구의
대상으로 더 많이 제시된다. 사회 다윈주의와 유전 이론의
영향을 받은 일부 박물학자들은 가난한 사람들이 문명화된
우월한 사람들보다 동물의 왕국에 더 가깝다고 여겼다. 자연
주의의 천박함이 중간계급의 독자들에게 혐오스럽다면, 일반
사람들에 대한 그 비하적인 태도는 오히려 더 받아들여질 수

있을 것이다.

임상적인 것과 선정적인 것을 혼합한 이 소설 브랜드는 포르노에 가까울 수 있다. 그 소설은 냉철함과 추악함을 동시에 지닌 예술이다. 누군가는 이를 제2권력에 대한 일종의 사실주의, 즉 조지 엘리엇이나 레프 톨스토이에게서 볼 수 있는 그 어떤 것보다 더 전투적이고 프로그램적인 것으로 볼 수 있다. 소설은 더 이상 예의 바르고 도덕적으로 교화적인 일이 아니다. 사실이란 상처를 주는 것으로 기괴하고 혐오스럽고 기형적이거나 병적인 것이다. 가치는 문학적 자료 자체에 있는 것이 아니라 작가가 그것을 표현하는 꼼꼼한 수단에 있다. 만약 그렇다면 자연주의는 형식주의로 전락할 위험이 있다.

이 자연주의 유파는 당대에 비판을 받았다. 마르셀 프루스트는 사실주의를 주장하면서도 단순히 사실만 나열하고 묘사하는 문학은 사실과는 전혀 다른 곳에 있다고 말한다.[36] 오스카 와일드는 사실주의와 자연주의를 예술적 영혼의 부정적인 배신으로 여긴다. 에세이 〈거짓의 쇠퇴〉에서 와일드는 "정확성에 대한 부정확한 습관에 빠져 진실을 말하는 병적이고 건강하지 못한 재주"를 키우는 작가들을 비판한다.[37] 우리는 환상의 영역을 차지하고 인간을 평범하게 만드는 사실에 대한 이 말도 안 되는 숭배를 끝내야 한다. 예술은 삶에 거울을 들이대는 것이 아니다. 그 반대로, 예술이 진짜이고 삶이 서툴게 그것을 모방하려고 노력하는 것이다. 와일드는 혀를 볼 깊숙이 밀어넣으며 "인상파 화가가 아니라면, 우리의 거리로 기어 내려와 가스등을 흐릿하게 하고 집들을 괴물 같은 그림자로 바꾸는 저 멋진 갈색 안개를 우리는 어디서 얻을 수 있을까?" 하고 묻는다.[38] 그는 "모든 위대한 예술가는 사물을 있는 그대로 본 적이 없다." "만약 보았다면 그는 더 이상 예술가가 아닐 것이다."고 주장한다.[39] "모든 나쁜 예술은 생명과 자연으로 돌아가서 그것을 이상으로 고양시키는 데서 나온다."[40]고 이어 말한다.

내가 방금 개략적으로 묘사한 자연주의에 대한 설명은 어떤 면에서는 이 이론의 순수주의적 버전이다. 루카치 자신이 인정한 것처럼 졸라나 입센에게는 남자와 여자를 단순한 식욕의 동물로 전환시키는 것, 또는 예술을 순전히 모방적인 것으로 환원시키는 것보다 훨씬 더 많은 것이 있다. 사실, 자연주의 예술은 작가가 잠시 외과의사나 사회학자인 척하는 것을 잊어버리기 때문에 자신의 신념을 깨뜨릴 때 가장 효과적이다. 그럼에도 불구하고 자연주의를 루카치가 그토록 높이 평가하는 사실주의에서 벗어난 것이라고 보는 것은 옳다. 질병에 걸린 사람과 타락한 사람에 대한 그 집착은 감성의 주요 변화를 나타낸다. 이제 사실의 기준은 추악한 반면, 아름다움과 조화는 빛바랜 낭만주의 시대의 아련한 추억인 것 같다.

루카치는 자연주의를 모더니즘의 반대로 간주한다. 그는 자연주의를 표현주의나 초현실주의와 같은 그릇된 주관주의적인 예술과는 대조되는, 거짓된 객관주의적인 예술 형태로 본다. 둘 다 사회생활의 표면을 관통하여 그 아래에서 작용하는 역사적 힘을 드러낼 수 없다. 루카치는 엄숙하고 규정적인 분위기로 "사실주의자는 사람들 사이의 관계와 그들이 행동해야 하는 상황에서 지속적인 특징을 찾아야 한다. 사실주의자는 오랜 기간 동안 지속되고 사회와 인류 전체의 객관적인 인간 경향을 구성하는 요소에 초점을 맞춰야 한다."고 주장한다.[41] 스타일을 바꾼다면, 이 주장은 아마도, 18세기의 신고전주의자, 새뮤얼 존슨이 할 수도 있었을 것이다. 20세기 마르크스주의와 18세기 신고전주의 사이에는 당혹스러운 조화가 존재한다.

이런 점에서 본다면, 시인이자 극작가인 베르톨트 브레히트는 루카치의 주요 적수다. 그는 19세기 예술에 대한 향수를 불러일으키는 이 마르크스주의 비평가의 아이러니를 지적한다. "발자크처럼 되라—최신 정보만 얻으라!"는 표현은 브레히트가 루카치의 사례를 냉소적으로 요약한 것이다.[42] 루카치는 모더니스트들을 빈약한 형식주의라고 비난할 수도 있지만, 그러나 진짜 형식주의적인 것은 루카치만의 사실주의 브랜드라고 브레히트는 주장한다. 루카치만의 사실주의는 역사적 변화에 대한 고상한 무관심 속에서 시대에 뒤떨어진 문학 형식을 보존하려고 노력한다. 그는 "문학 작품은 공장처럼 인수될 수 없다. 문학적 표현 형식은 특허처럼 장악될 수 없다"고 주장한다.[43] 역사적 조건이 매우 다른데 위대한 비판적 사실주의자들을 모방한다는 것은 사실주의자가 되기를 중단한다는 것을 의미한다. 사실 자체가 변한다면 그것을 표현하는 수단도 변해야 한다. 브레히트는 이렇게 경고한다. "우리는 안티고네에서 나나(《목로주점》의 주인공의 딸), 아이네이아스에서 네흘류도프(톨스토이의 《부활》의 주인공)에 이르기까지 내구성 있는 인물로만 가득 찬 일종의 지속적인 문학적 형상의 발할라Valhalla(북유럽 신화에 나오는 궁전), 일종의 마담 투소Madame Tussaud의 판옵티콘panopticon(벤담이 고안한 원형 감옥)을 떠올려서는 안 된다".[44] 인물에 대한 전통적인 개념은 사회주의 자체가 진화함에 따라 바뀔 것이다.

루카치에게 사실주의는 기술technique의 문제이다. 그러나 그것은 진실에 접근할 수 있는 유일한 기술이다. 브레히트는 사실주의의 임무가 사물이 세상과 어떻게 조화를 이루는지를 드러내는 것이란 점에 동의하지만, 이 목표를 달성하는 방법이 단 하나뿐이라고는 믿지 않는다. 반대로 사실주의 예술은 충격, 몽타주, 노래, 영화, 기록, 단편화, 불연속, 내부 독백,

기술의 사용, 대중문화 형식 등 가장 유익하다고 생각하는 모든 절차를 사용할 수 있다. 사실주의적 표현이 항상 급진적인 움직임은 아니다. 브레히트는 공장을 무대에 올리는 것은 자본주의에 대해 아무것도 알려 주지 않을 것이라고 말했다. 소련 이데올로기가 가정하는 것처럼 사회주의 예술이 사실주의 예술이어야 할 이유가 없다. 다다이스트와 미래주의자부터 구성주의자와 초현실주의자에 이르기까지 20세기 초의 많은 실험적 예술가들은 공산당원이거나 충성스러운 동료 여행가였지만, 직접적인 표현을 할 시간이 거의 없었다. 미래가 곧 덮칠 사회 현실을 반영하는 것이 무슨 의미가 있겠는가? 그리고 사물의 존재 방식을 표현하는 것이 사물을 변화시키는 데 어떻게 도움이 되겠는가? 브레히트는 베를린에 있는 그의 극장에 참석하는 노동자들이 비사실주의적 접근 방식을 환영하며, 의심할 바 없이 스코트나 푸쉬킨과 같은 사실주의자들의 작품을 파헤치는 것을 꺼릴 것이라고 보고한다. 좋은 옛 시절이 아니라 나쁜 새 시절부터 시작해야 한다. 페리 앤더슨Perry Anderson은 브레히트의 극장이 "아마도 러시아 혁명 후에 제작된 주요 예술 작품 중 형식적으로는 타협하지 않는 진보성을 지니면서도 의도 면에서는 불굴의 대중성을 대표하는 유일한 작품일 것이다"라고 지적한다.[45]

"우리 눈앞에서 사람들이 투쟁하며 현실을 변화시키고 있

는 상황에서" 브레히트는 루카치에 대해 냉철한 시선으로
글을 쓴다.

> 서사의 '시도된' 규칙, 존경받는 문학적 모델, 영원한 미학적
> 법칙에 집착해서는 안 된다. 우리는 특정 기존 작품에서 사실
> 주의를 끌어내서는 안 되며, 예술에서 파생되고 다른 자원에
> 서 파생된 오래되고 새로운 것, 시도되지 않은 것, 시도되지
> 않은 모든 수단을 사용하여 인간이 마스터할 수 있는 형태로
> 사실을 제공해야 한다.[46]

비사실적 방법은 사실주의적 목적에 활용될 수 있다. 중요
한 것은 진실을 알아내는 것이지, 진실을 알아내기 위해 사
용하는 수단이 아니다. 그러나 브레히트가 자신의 헝가리인
동료 루카치와는 대조적으로 불리한 입장을 취한 측면이 적
어도 하나 있다. 1953년 동독의 노동자들이 스탈린주의 지
배자들에 맞서 봉기했을 때, 브레히트는 정부를 강력하게 옹
호한 반면, 루카치는 우리가 이미 본 것처럼 3년 후 헝가리
에서 일어난 비슷한 봉기에 용감하게 참여했고, 그 결과 추방
당했다.

'사실주의'라는 용어의 한 가지 문제점은 이 용어가 설명
적이고 평가적일 수 있다는 것이다. 이 용어는 사실주의에

대한 특별한 판단을 암시하지 않고 특정한 표현 방식을 의미할 수 있다. 또는 작품이 삶에 충실하고 이것이 그 자체로 미덕임을 시사할 수도 있다. 그러나 루카치가 보기에는 이 단어의 두 가지 의미가 분리될 수 없다. 즉 당신은 그것을 표현하는 특정한 방식을 통해서만 삶에 진실할 수 있다. 빅토리아 시대의 작가 루이스G.H. Lewes는 "예술은 항상 사실, 즉 진실의 표현을 목표로 하며, 매체 자체의 성격상 필연적으로 이탈할 수밖에 없는 경우를 제외하고는 진실로부터의 이탈은 허용되지 않는다."고 선언한다.[47] 그러나 루이스는 특정한 예술적 접근 방식을 통해서만 진실과 사실이 드러날 수 있는지의 여부는 말하지 않는다. 이것이 루카치가 염두에 둔 것이다. 브레히트가 보기에 작품이 독자에게 사회적 사실의 본질에 대해 계몽하는 효과가 있다면 사실주의적이다. 이는 희곡이나 시가 한 맥락에서는 사실주의적인 것으로 판명될 수 있지만, 다른 맥락에서는 그렇지 않을 수 있음을 의미한다. 브레히트에게 사실주의는 관계적 용어이다. 여기에는 작품과 독자 간의 대화가 포함된다. 하나의 이미지는 친숙한 세계를 묘사한다는 의미에서는 사실적일 수 있지만, 너무 약하거나 낡아서 독자나 관객에게 진정한 영향을 미치지 않는다. 브레히트의 평범한 표현을 빌리자면, 관객은 그 내용에서 무엇인가를 얻을 수 있어야 한다. 예술 작품은 실물과 같을 수도 있고 생명이 없을 수도 있다.

사실주의가 '사실에 대한 설득력 있는 묘사'와 같은 것을 의미하는 평가 용어라면, 공식적으로 비사실적인 예술 작품은 여전히 '고도를 기다리며' 또는 '괴물들이 사는 나라Where the Wild Things Are'(모리스 샌닥이 1963년에 출간한 그림책의 제목)라는 제목을 주장할 수 있다. 이러한 포괄적인 정의의 문제점은 '사실주의'라는 용어가 어떤 유용한 의미 이상으로 확장될 위험이 있다는 것이다. 관객에게 진정으로 영향을 미치는 예술은 어떤 것이건 사실주의라고 부를 수 있을까? 프랑스 평론가 로제 가로디Roger Garaudy는 '고대 아테네의 조각가 페이디아스Phidias의 프리즈frieze(띠 보양의 장식)에서 라벤나 Ravenna(이탈리아의 도시)의 모자이크까지, 푸생에서 세잔이나 피카소'의 작품까지 이 용어에 포함시킨다.[48] 해리 레빈Harry Levin은 "모든 위대한 작가는 그들이 알고 있는 삶에 대한 탐색적이고 세심한 비평에 전념하는 한 사실주의자로 간주될 수 있다"고 주장한다.[49] 그렇다면 나쁜 예술만이 비사실주의로 포함되는가? 1920년대 소련에서는 아무리 대담하고 실험적이라 할지라도 거의 모든 예술 운동이 사실주의라는 명칭을 내걸었다. 이것이 바로 나치가 자신들의 미술이 명백히 표현적임에도 불구하고 자신들의 미술에 이 명칭을 사용하기를 거부한 이유 중 하나였다.[50] '신사실주의', '영웅적 사실주의', '혁명적 사실주의' 그리고 (1920년대 독일에서는) 소위 신객관성New Objectivity, 모두는 때때로 표현과는 거리가 먼 예술을 정당화하기 위해 개념을 끌어냈다. 이렇게 탄력적으로 사용되는 단어는 단순히 '효과적인' 또는 '빛나는'의 동의어가 된다. 거의 모든 것을 포괄할 수 있는 다른 용어와 마찬가지로 이것은 거의 아무런 의미도 없다. 프리드리히 니체 Friedrich Nietzsche는 예술에서 사실주의는 모든 예술가가 자신이 사실을 예시한다고 확신하기 때문에 환상이라고 주장했다.

그렇다면 아마도 '사실주의적'과 '사실적인' 사이에는 구분이 있을지 모른다. 전자는 실제와 같은 표현 스타일을 의미하고 후자는 예술 작품의 설득력을 묘사한다. 샤를르 보들레르Charles Baudelaire는 사실주의를 "소박하고, 거칠고, 부정직하고, 심지어 천박한" 것이라고 일축하면서도 거의 동시에 "모든 훌륭한 시인은 언제나 사실적이었다"고 선언했다.[51] 이 주장이 자기 모순적일 필요는 없다. 많은 아방가르드 예술가들은 자신의 작업이 형식적이라는 점을 받아들일 것이다.

비사실주의적이라고 말하면서, 인간 존재에 대한 얄팍하고 공허하며 기괴한 희화화라는 의미에서 비사실적이라는 말을 듣는 것은 그다지 만족스럽지 않을 것이다. 사실주의가 후자의 반대를 의미한다면, 그 제목을 주장하지 않을 작가는 생각하기 어렵다. 그러나 이것은 우리가 방금 본 것처럼 문제의 일부이다.

5

사실주의와 평범한 삶
Realism and the Common Life

1. 평범함의 가치

    유명인과 나머지 인류 사이의 차이점 한 가지는 유명인은 자기 존재의 더 화려한 측면 외에도 평범한 삶을 영위하는 반면(예를 들어 찰스 왕이 아닌 이상 스스로 양말을 신어야 함), 엄청나게 많은 대다수의 나머지 인류는 일상생활 외에는 아무것도 하지 않는다. 평범한 사람들은 아무도 파타고니아 사람들이 아이들에게 지어 주는 이름을 알지 못할 것이고, 그들의 집은 호기심 많은 관광객들로 가득 차 있지 않을 것이다. 만일 평범한 사람이 거리에서 군중에 휩싸인다면 그것은 단지 도둑으로 오인되기 때문이다. 대체로 사실주의 소설의 소재가 되는 것은 이상하고 거만한 귀족이나 모험심이 강한 영웅과 함께 바로 이 남자들과 여자들이다.

무엇보다도 사실주의 소설은 일상적인 인간 경험, 특히 가정적 측면을 유효한 조사 영역으로 확립하는 데 도움이 되며, 그 점에서 풍부한 보상을 제공한다. 프랑코 모레티Franco Moretti가 말했듯이, 소설은 "정상성을 흥미롭고 정상성만큼 의미 있게 만드는 현상학을 만들어 냈다."[1] 미하일 바흐친 Mikhail Bakhtin에 따르면 소설의 가장 큰 발판은 "공공 광장, 거리, 도시 및 마을의 열린 공공 공간"이다.[2]

그렇다면 사실주의와 일반 대중 사이에는 이전에 번창했던 문학 형식에는 해당되지 않는 유대감이 있다. 여기서 '대중'은 노동계급뿐 아니라 걸리버와 로빈슨 크루소부터 데이비드 카퍼필드David Copperfield와 도로시아 브룩Dorothea Brooke (조지 엘리엇의 《미들마치》에 나오는 인물)에 이르기까지 중하층 중간계급까지 확장된다는 의미이다. 사실, 중간계급 사회가 자신의 일상 경험을 끝없는 매력의 원천으로 여기기 시작할 때 문학적 사실주의가 탄생했다고 주장할 수도 있다. 또한 그 경험의 가치와 견고성에 의문이 제기될 때 쇠퇴하기 시작한다. 사회적으로 눈에 띄지 않는 여성들과 남성들에게 단순히 하녀나 여관 주인으로서의 역할을 할당하는 것이 아니라 그들을 완전히 진지하게 받아들이는 예술의 혁명적 성격을 과대평가하기는 어렵다. 잠시 후에 에리히 아우어바흐의 작품에서 살펴보겠지만, 이는 문학적 사실주의의 진정으로 혁신적인 특징 중 하나이다.

또 다른 특징은 평범한 것들이 단순히 구원에 도움이 되거나 더 높은 진리에 대한 우화로서가 아니라 그 자체로 가치가 있다는 믿음이다. 이러한 친숙한 것으로의 전환의 기원은 기독교에서 발견된다고 주장되어 왔다. 《사도행전》에서는 성 베드로와 성 요한을 평범하고 교육받지 못한 사람들로 묘사한다. 예수는 비극적인 인물일지는 몰라도 영웅적인 인물은 아니다. 그는 집도 돈도 재산도 직업도 없는 갈릴리 시골 오지의 방랑자로 묘사된다. 그에게는 가족이 있지만 가족에 대해서는 상당히 무관심해 보인다. 신약에서 구원의 장소는 어떤 신성한 예배나 봉헌된 장소가 아닌 공동생활이다. 신은 동물이고, 말씀이 육신이 되신 그분 안에는 겸손과 숭고함이 결합되어 있다. 아버지가 요구하는 것은 번제물이 아니라 자비와 공의이다. 누가복음에 따르면, 가난한 사람들이 좋은 것으로 채워지고 부자들이 빈손으로 떠나는 곳 어디에서나 그분의 현존을 느낄 수 있다.

기독교의 "평범한 삶에 대한 확언"[3]을 말하는 철학자 찰스 테일러Charles Taylor는 군사적 용맹과 귀족적 명예가 있었던 중세 시대에서 근대 중간계급의 개신교나 청교도 윤리로의 전환을 간략하게 설명한다. 테일러는 이 개신교 윤리가 "좋은 삶의 중심을 특별한 범위의 상위 활동에서 벗어나 '삶' 그 자체로 옮겨 놓는다. 이제 자기 충족적인 인간 생활은 한편으로는 노동과 생산의 측면에서, 다른 한편으로는 결혼과 가정 생활로 정의된다."고 주장한다.[4] 혈통과 귀족에 대한 개념은 시민과 직업에 자리를 내준다. 이제 중요한 것은 일의 영역, 가정생활, 물질적 획득이다. 가치가 뒤바뀌면서 노동은 이전에 거부되었던 존엄성을 부여받는 반면, 결혼한 사랑은 성적인 탈선과 낭만적인 불화보다 더 높이 평가된다. 근대 사실주의 소설이 탄생한 것은 바로 이러한 역사적 변화에서 비롯되었다. 우리는 조지 엘리엇의 《아담 비드》가 보통의 것을 충실하게 표현해 낸 것이라는 엄연한 사실 앞에 있다. 그것은 아마도 소포클레스에게는 상상조차 할 수 없었고, 포프Pope와 라신Racine에게는 수치스러운 예술 유형일 것이다.

종교 개혁은 신성한 것과 세속적인 것 사이의 구별을 해체했고, 따라서 매일의 사회가 구원이나 저주의 무대가 되어가기 시작한다. 이렇게 경계가 모호해지는 결과를 낳았고, 그것들 중 하나는 일상생활의 세세한 부분에 대한 강렬한 관심이며, 가장 사소한 측면에서도 하나님의 진노나 은총의 표징을 감지할 수 있다. 이제 사제 계급의 중재 없이 두려운 고독 속에서 창조주와 마주하는 개인에 대한 집착도 있다. 그리고 창조주의 눈에는 모든 남자와 여자가 평등하기 때문에 공격적인 개인주의에는 어느 정도의 민주주의와 평등주의가 결합되어 있다. 이 모든 것은 사실주의적 글쓰기에 반영된다. 의식·위계질서·전통에 대한 혐오감을 더한다면 사실주의 소설을 개신교 형식으로 묘사하는 것도 그리 공상적인 일은 아니다. 마침내 등장인물에게 처벌이나 보상을 부여하는 플롯이 신성한 섭리를 대신한다.

2. 아우어바흐의 사실주의적 비전

에리히 아우어바흐는 자신의 권위 있는 연구 《미메시스: 서양 문학에 나타난 현실 묘사 *Mimesis: The Representation of Reality in Western Literature*》(1946)에서 문학적 사실주의가 유대-기독교에 뿌리를 두고 있다고 주장하는데, 이는 두드러진 특징이다. 이 책은 이 주제에 관해 출판된 저술 중 최고로 널리 간주된다. 아우어바흐는 논의를 시작하면서 호메로스의 서사시와 히브리어 성경을 대조하는데, 그는 호메로스의 서사시 속 인물들에게는 성경의 인물들이 지닌 개인적인 특징이 결여되어 있다는 점을 지적한다. 성경 속 인물들은 고대 서사시의 상대적으로 정적인 인물과는 달리 내면의 삶에서 진화할 수 있다. 유대 성경의 많은 부분에 나타나는 비역사적 성격이 무엇이든 간에 그것은 역사와 전설의 차이이다. 전설은 시간과 장소에 대한 정확한 세부 사항을 무시하는 경향이 있으며 독자에게 대체로 명확한 내용을 제시한다. 전설의 내러티브는 문제가 많고 불확실하며 해결되지 않은 모든 것을 제거한다. 전설과는 달리, 역사는 갈등과 교차 흐름의 기록이다. 즉 깔끔하게 도식화하기를 거부하는 다양하고 모호한 사건이 기술되어 있는 것이다. 실제로 우리는 두 가지의 서로 다른 언어적 기록을 가지고 있는데, 즉 주로 전사와 귀족 계급들에게 속하는 신화·서사시·로망스가 속한 '고급 스타일'의 언어와 보다 대중적인 일상어이다.

그러나 요점은 호메로스의 서사시가 숭고한 반면 히브리어 성경은 산문적이라는 것이 아니다. 앞서 우리는 유대-기독교 전통이 높은 것과 낮은 것이 뒤섞여 있으며, 그 결과 아우어바흐가 보기에 "숭고하고 비극적이며 문제가 있는 것이 바로 가정과 일반 장소에서 구체화"된다는 점을 이미 언급했다.[5] 이런 관점에서 (아우어바흐가 그것을 암시하지는 않지만) 마태복음 25장에 나온 구절보다 더 인상적인 성경 구절은 거의 없다. 이 구절은 예수가 영광의 구름을 타고 이 땅에 돌아올 때 그의 왕국에 들어가기 위해 필요한 일로서 배고픈 사람을 먹이고 병든 사람을 방문하는 일보다 더 고귀한 일은 없다고 제시한다. 그것은 메시아가 당나귀를 타고 예루살렘으로 입성하는 것처럼, 예술적으로 고안된 바토스bathos의 순간이다. 아우어바흐가 보기에 기독교 시대는 다양한 스타일이 충돌하는 시대로 특징지어지며, 사실주의 소설도 마찬가지이다.

이와는 대조적으로 고대에는 이 두 종류의 언어가 뚜렷하게 구별되었다. 아우어바흐는 《미메시스》의 31쪽에서 고대 문헌을 다음과 같이 기술한다.

> 일반적으로 사실적인 모든 것, 일상생활에 관련된 모든 것은 만화를 제외한 어떤 수준에서도 다루어서는 안 된다. (…) 우리는 일상적인 직업과 사회계급 — 상인·장인·농민·노예 등의 집·가게·밭·상점 — 일상적인 관습과 제도 — 결혼·자녀·일·밥벌이 — 한마디로, 사람들과 그 삶에 관한 것 — 등을 진지하게 문학적으로 다룰 수 없다는 결론을 내려야 한다.

시간적으로 현대가 도래함으로써 비로소 볼 장 다 본, 쇠락한 미국 세일즈맨이 비극적인 인물로 취급될 수 있었다. 고대 작품에는 보통의 삶에 대한 이런 무관심이 역사의식의 부족과 연관되어 있다는 것이 드러난다.

역사적 운동의 근간이 되는 힘은 일상생활에서의 지성적이고 경제적인 조건, 바로 거기에서 나타난다. 즉, 이러한 힘들은 군사적이든 외교적이든, 혹은 국가 내부 구성과 관련되었든 일상생활 깊숙이 존재하는 다양한 변형의 산물이자 최종 결과일 뿐이다. (33쪽)

일상생활에 대한 이 언급은 루카치의 생각과 동떨어진 것은 아니지만 중요한 차이점 또한 존재한다. 루카치가 마르크스주의자인 반면, 아우어바흐는 다수가 자리해 있는 대중을 위한 대중주의자로, 그는 모든 활력과 다양성을 지닌 대중이 역사 발전의 중심에 있다고 생각한다. 그의 판단에 따르면 기독교는 "일반 대중의 저변에 있는 영적 운동의 탄생"(43쪽)의 모범인 케이스이다. 아우어바흐는 고대의 일부 "고도로 교육받은 이교도"가 "가장 높은 진리가 정신은 난감할 정도로 미개하며, 문체라는 것을 전혀 모르는 자들의 언어로 작성된 글에 담겨 있다"는 논평에 대해 격하게 분노한 반응을 즐거워하면서 기록했다(154쪽). 복음서의 간결한 표현은 문맹 농민·어부 등을 대상으로 한 것으로 실제로 훌륭한 글쓰기 영역과는 거리가 멀다.

《미메시스》는 서구의 사실에 대한 표현의 역사를 기록하지만, 그러리라고 예상이 가능했던 것보다 더 당파적으로 조사했다. 이 저술은 독자들이 "본능과 이상을 지닌 먼 세계에" 감탄하도록 유도하는 종류의 문학 예술(서사적, 영웅적 또는 신고전적)에 대한 혐오감을 분명히 보여 준다. (…) 이러한 종류의 문학예술은 "실제 삶에서 생겨나는 마찰과 저항에 비교해 타협하지 않는 순수함과 자유로움으로 진화한다."(121쪽) 이 저술에서 도식적이고 이상적이며 구조가 엄격하고 사회적으로 제한된 문학 작품은 낮은 등급을 받는다. 예를 들어, 궁중 예술과 기사도 예술은 사실을 완전히 이해하는 데 방해가 된다. 이 저술에서 저자는 덜 양식화되고 좀 더 현실감 넘치는 글쓰기를 선호하는 경향이 있다. 아우어바흐가 "(그의) 주제의 존엄성으로 인해 결코 세속적인 대중적 표현 전환이나 일상생활에서 가져온 이미지를 포기하지 않게 하는" 몽테뉴의 찬미자라는 것은 놀라운 일이 아니다(309쪽). 이 저술에서는 지적인 진지함과 수월하고 자유로운 대화가 함께 편안하게 어우러진다.

단테는 완고한 형식주의 예술과 대조적으로, 앞선 시인들보다 장엄한 사실주의자로 우뚝 솟아 있는데, 그의 문체는

직접성과 활력, 그리고 섬세함의 면에서 헤아릴 수 없을 정도로 뛰어나다. (…) 그는 수를 세기가 불가능할 만큼 많은 형태를 알고 사용하며, 매우 다양한 현상과 주제를 헤아릴 수

없을 만큼 뛰어난 확고함과 확신으로 표현하므로 우리는 이 사람이 자신의 언어를 사용하여 세상을 새롭게 발견했다는 결론에 도달한다. (182~3쪽)

아우어바흐는 평범함과 괴기스럽게 변형된 것이 가장 숭고한 진리와 어깨를 나란히 할 때처럼, "스타일의 혼합이 모든 스타일의 위반과 그토록 가까운 곳은 어느 곳에도 없다"고 말한다(185쪽). 사실주의 산문은 저속하기도 하고 숭고하기도 하다. 중세의 프랑스 작가 라블레Rabelais는 예술적 무정부 상태에 해당하는 중세 후기 작품의 통합된 형태를 깨고 근대의 사실주의를 예고한 또 다른 작가이다. 아우어바흐는 "라블레에게는 미학적 기준이 없다. 모든 것은 그 어떤 것과도 함께 한다."(278쪽)고 말하면서 열광한다.

그러나 사실주의의 모든 것을 예시함에도 불구하고 단테는 지상의 사물을 영원의 형상으로 취급할 만큼 고전주의의 전통을 유지했다. 그의 시에 나타난 신성한 진리는 영원하고 시간이 정해져 있다. 그의 시는 곳곳에서 저속하거나 그로테스크할 수 있지만, 그의 그로테스크함조차 고상한 문체로 표현될 수 있다. 근대의 문학적 사실주의는 평범한 내용을 유지하면서 이러한 수사법을 버릴 것이다. 그러나 그 와중에 비극의 '고상한' 모드에서도 '일상적 도구에 대한 언급'이나

'일상적 삶의 과정'을 꺼리지 않고 묘사하는 셰익스피어라는 우뚝 솟은 인물이 있다(313쪽). 비극적이고 희극적이며 장엄하고 평범한 것이 셰익스피어의 작품에 스며들어 있으며, 인물들은 고대극보다 더 풍부하게 묘사되어 있다. 그가 다루는 사회적 범위는 광범위하며, 이 또한 전임자들 대부분이 다루었던 사회의 범위가 덜 다양했던 것과 대조되며 그로 인해 호의를 갖게 한다. 그럼에도 불구하고 셰익스피어의 사실주의에는 한계가 있다. 예를 들어, 초자연적인 것의 흔적이나 그의 비극에 등장하는 주인공은 언제나 귀족 출신이라는 사실 등은 고전주의 성향을 보여 주고 있는 것이다.

스탕달·발자크·플로베르는 모두 아우어바흐가 문학적 사실주의의 두 가지 주요 특징으로 간주하는 것, 즉 일상생활, 특히 하층 사회계급에서 끌어온 인물에 대한 진지한 처리, 사회적 역사적 상황에 대한 예리한 감각을 지니고 있음을 보여 준다. 아우어바흐의 책의 마지막 장은 버지니아 울프에 관한 내용을 담고 있는데, 그는 극도로 부정적인 판단을 내린다. 실제로 아우어바흐는 모더니스트의 글에서 박수를 보낼 만한 내용을 거의 찾지 못했다. 조이스도 솔직히 고백하듯 아우어바흐는 완전히 패배했다고 할 정도로 의의를 찾지 못한다. 아우어바흐는 비사실적인 실험을 싫어하며, 그는 이 실험이 형태가 없고 비역사적이며 지나치게 우울하다고 비난한다.

아우어바흐의 이 판단은 루카치의 다른 어떤 것 못지않게 교조적이다. 이런 면에서 유동적이고 겸손하며 혼합적인 예술의 챔피언인 아우어바흐의 문학적 취향이 놀라울 정도로 완고한 것으로 드러난다.

모든 유연성에도 불구하고 아우어바흐가 '사실주의'라는 용어를 사용한 것은 개방적으로 의미가 없다고 할 정도는 아니다. 아우어바흐의 사실주의는 진정한 영향력을 지닌 예술을 뜻하는 것은 아니나, 루카치의 완고한 정통성에 굴복하는 것도 아니다. 아우어바흐의 관점에서 사실주의는 구체적인 문학 양식이다. 구체적이고, 유동적이며, 정확하게 특정되고, 다양하고, 개방적이며, 시회적으로 포용적이며, 역사적 사고를 갖고, 포퓰리즘적 정신을 갖고 있으며, 개인을 존중하고 추상적인 생각과 경직된 프로그램을 불신한다. 하지만 특정 시대나 장르에 국한되지 않고 창세기부터 에밀 졸라까지 쭉 등장한다. 때때로 낭만주의, 신화, 고전 양식으로의 전환을 제외하고(괴테는 이 점에서 특히 대략적으로 취급된다), 서구 문학은 대체로 적어도 모더니즘이 도래하기 전까지는 더욱 풍부하고 복잡한 사실주의에 입각해 이야기하고 있다. 그것은 역사적 진보에 관한 이야기이거나 야당인 자유당의 허구 이론이다. 가장 열렬한 아우어바흐주의자인 에드워드 사이드 Edward Said는 "《미메시스》의 척추는 고전 고대의 문체 분리에서 신약성서의 혼합, 단테의 《신곡》의 첫 번째 위대한 클라이막스까지의 통로이며, 그리고 19세기 프랑스 사실주의 작가들의 궁극적인 신격화"라고 썼다.[6]

이것이 또한 정치적인 우화라는 것은 충분히 명백하다. 사실주의는 일반 대중의 힘이 커짐에 따라 발전한다. 아우어바흐가 자신의 책을 썼을 때, 대중 민주주의의 해체는 나치 정권의 두드러진 특징이었고, 따라서 유대계 독일인인 아우어바흐는 튀르키예로 피신했다. 그가 불안하다고 생각하는 영웅적·계급적·신화적 문학은 나치즘의 예술과 이데올로기에 반영되어 있다. 이와 대조적인 사실주의는 본질적으로 반파시스트적인 형태로 보일 것이었다. 아우어바흐가 1942년에서 1945년 사이에 튀르키예 이스탄불에 망명 중에 쓴 《미메시스》는 비판적 사실주의에 대한 루카치의 찬미가 스탈린주의에 대한 은밀한 비판인 것처럼 파시즘에 대한 암호화된 대응이다. 사실 아우어바흐의 책은 준유토피아적인 분위기로 끝나는데, 이 저술이 쓰여진 조건을 고려하면 더욱 주목할 만하다. 아우어바흐는 다음과 같이 인정한다. "지상에서 인류가 공동으로 살아가는 데는 아직 갈 길이 멀지만 목표가 보이기 시작한다. 그리고 그것은 다양한 사람들의 삶에서 무작위적인 순간을 편견 없이 정확하게 내외적으로 표현하는 것에서 가장 구체적으로 드러난다."(552쪽) 이러한 믿음의 선언

은 인상적이면서도 가슴 아프다. 진정한 공동체가 주로 사실
주의 예술에서 발견된다면 정치적 함의는 참으로 음울하다.
루카치와 마찬가지로 아우어바흐는 이 특정한 문학예술의 흐
름을 소중히 여김으로써 혁명의 열기를 유지하기를 바란다.
그러나 이 생각은 경종이 울릴 정도로 취약해서 어떤 미래가
있을 것이라고 믿어지지는 않는다.

　아우어바흐와 같은 후기 낭만주의자들에게는 구체적이고
변화 가능한 것이 본질적으로 추상적이고 정적인 것보다 우
월하다. 이러한 우선순위를 거부하는 것보다 현대적 감성에
더 이질적인 것은 없다. 그러나 우리가 이미 살펴보았듯이
가변성이 항상 확인되는 것은 아니다. 우리는 대중이 계속해
서 고령의 학자를 데리고 나가 총을 쏘아서는 안 된다는 견
해를 가지기를 바란다. 또한 플라톤이 자신의 이상적인 공화
국에서 시인들을 추방한 이유 중 하나가 이 편견이기는 하지
만, 일반적인 것보다 특정한 것을 선호해서는 안 된다. 《고
도를 기다리며》는 등장인물 블라디미르와 에스트라공이 실
제로 존재하는 인물인 것처럼 그들에게 성·직업·취미·고향·
인플레이션율에 대한 견해를 갖도록 하면 이익을 얻을 수 있
었을까? 정의·젠더·평등·가부장제와 같은 일반적인 개념은
정치적 변화에 필수적인 것으로 판명될 수 있지만, 너무 근시
안적인 전망은 이를 방해할 수 있다.

그렇다면 아우어바흐가 "추상적이고 일반적인 인지 형태" (444쪽)라고 부르는 것에 대한 조바심에 의문을 제기할 수도 있다. 피에트 몬드리안Piet Mondrian은 추상화를 그렸지만, 나는 내 집 벽에 걸 수 있는 그림이 두 개 주어졌다고 해서 큰소리로 항의하지는 않을 것이다. 수학은 매우 추상적인 지식이지만 수학이 없으면 문명은 침몰할 것이다. 흉내 내기가 아주 불가능한 개인들도 우리 모두에게 공통된 언어로 설명되어야 한다. 완전히 독특한 것은 언어의 경계 너머에 있을 것이며, 이는 많은 낭만주의 시인들을 우울하게 만들었다. 우리의 일반화하는 능력은 비록 그것이 건설적인 결과뿐만 아니라 치명적인 결과를 낳을 수 있다고 하더라도 인간이 대부분의 다른 동물보다 우월한 능력의 일부이다. 아우어바흐는 또한 어떤 방식으로건 평민들을 상류계급 사람보다 더 실질적인 존재로 간주하는 것 같다. 그러나 왕자들을 반대하는 데에는 왕자들이 정육점 주인들보다 덜 현실적이라는 의혹보다 더 설득력 있는 이유가 있다. 낭만주의와 이상주의에 대한 대안으로 대중에게 호소하는 것이 낭만적 이상주의의 일부인지 궁금해질 수도 있다.

러시아 이론가 미하일 바흐친의 독자들은 바흐친의 주장이 아우어바흐의 주장과 얼마나 유사한지 깨닫고 놀라게 될 것이다. 두 비평가 모두에게 사실주의는 본질적으로 허세를 깨뜨리는 바토스적 형태이며, 밑에 깔려 있는 일상적인 지혜로 상류계급의 과장된 수사에 구멍을 내는 것이다. 아우어바흐에게는 고도로 양식화된 예술보다 포퓰리즘 예술이 더 바람직한 것이며, 바흐친에게는 소설이 공식적인 담론 형태에서 시장의 생생한 언어로 전환된다. 바흐친의 경우에도 정치적인 문제가 걸려 있다. 소설에 대한 그의 축하는 스탈린주의에 대한 은밀한 논쟁인데, 독재 정치인 스탈린주의에 결국 바흐친 자신도 희생양이 되었다.

3. 사실주의와 포스트모더니즘

우리는 사실주의가 처음으로 중세 유럽에서 보편적인 존재에 대한 믿음으로써 등장한다는 것을 살펴보았다. 그러나 역설적이게도 이제는 그것이 정반대를 의미하는 근대에 이르게 된다. 유럽 중간계급은 여전히 상승세에 있지만 원칙적으로 자신을 지구 전체에 대한 주권을 확립하려는 의도를 가진 보편적인 조직으로 간주한다. 중간계급의 꿈은 우리 시대에 이르러서야 마침내 실현된다. 그러나 세계적으로 영향력을 확장할수록 자본주의는 더욱 불투명해지고 분리되고 헤아릴 수 없게 된다. 이는 자본주의가 전체를 대표할 수 없다는 것을 의미한다. 결과적으로 많은 작가들의 초점은 전반적인 비전에서 감각적으로 구체적인 비전으로 이동한다. 사실적인 것이란 맛보고 만지고 냄새 맡을 수 있는 것이다. 근대 소설의 골자 중 하나는 헨리 제임스의 다음과 같은 말에서 찾을 수 있다. "나에게는 (견고한 구체성을 가진) 실재라는 분위기가 소설의 최고 미덕인 것 같다."[7]

동시에, 중세 시대의 스콜라주의 교리는 근대 시대의 경험주의에 자리를 내주고 있다. 실용적 정신을 가진 중간계급은 추상적인 개념을 무시하고 주로 자신들이 사고팔 수 있는 것을 믿는다. 사실주의는 보편적인 본성의 개념보다는 구체적이고 개별적인 것을 의미하게 된다. 학문적 의미의 사실주의가 일상적 의미의 사실주의에 의해 가려지면서 이 단어는 그 축을 중심으로 회전했다. 철학자 조지 버클리George Berkeley의 필로누스Philonus(《하일라스와 필로누스가 나눈 대화 세 마당》에 나오는 인물)는 "존재하는 모든 것은 특별하다"[8]고 선언하는데, 헤겔과 마르크스는 이것이 사실이든 아니든 특정 항목은 다른 개별 항목과의 관계로 구성된다고 반박했다.

포스트모던 시대에 사실주의의 운명은 어떻게 되는가? 비판적 사실주의가 질서와 안정을 너무 굳건하게 믿어 속아 넘어가기 쉽다면, 포스트모더니즘은 세상이 무한히 변하기 쉬운 것으로 봄으로써 이러한 확신에 과잉 반응한다. 사실주의는 일상성을 일상성으로서 흥미롭게 생각하는 반면, 포스트모던 문화는 규범을 제한적이고 억압적인 것으로 보는 경향이 있다. 포스트모던 정신을 자극하는 것은 정통적이고 합의적인 것에서 벗어나는 것이다. 이는 현대 사회의 정통 교리가 아픈 사람을 쓰레기장에서 썩게 내버려 두는 것보다 간호하는 것이라는 사실을 간과하고 있다. 관습을 위반하는 행위에는 강간과 대량 학살은 물론 충격적인 교외 주민들이 포함된다. 또한 소수 민족이라는 이유로 시민권이 거부되어서는 안 된다는 데도 공감대가 형성되어 있다. 그러나 포스트모던 사상은 소외되고 색다른 것에 너무 깊이 사로잡힌 나머지 대다수의 사람이 냉담하지 않다는 것을 깨닫지 못한다. 이러한 맥락에서 사실주의 소설은 다른 것과는 비교할 수 없는 일상의 현상학으로서 우리에게 평범한 것이 얼마나 소중한지 일깨워 주는 역할을 할 수 있다.[9]

포스트모더니즘이 사실주의를 경계하는 데에는 다른 이유도 있다. 현대 문명에는 기호와 아이콘으로 가득 차 있으므로 결국은 이미지인 것을 왜 표현하려 하는가? 게다가 사실주의는 진실과 허구의 구별에 달려 있는데, 일부 집단에서는 그것이 이제 코담배 상자를 유통하는 것만큼이나 구식이라고 여긴다. 그리고 이러한 유동적인 삶의 형태에서는 상황이 너무 빨리 변해서 상황 표현이 완전히 어긋나 버리지 않는가? 고전적 사실주의는 어느 정도의 안정성과 연속성을 바탕으로 번성하는데, 이 두 가지 모두 선진 자본주의 세계의 두드러진 특징이 아니다. 이 두 가지에는 현재의 쇼핑몰이나 홍보 업계에서 볼 수 없는 정체성의 일관성이 있다. 지금 우리는 서구 자본주의의 전환에 대해 논하고 있다. 즉, 시스템이 생산에서 소비로, 산업에서 후기산업으로, 석탄광산에서 콜센터로, 견고하게 통합된 자아에서 분산되고 욕망하는 자아로 이동하는 것이다.

사실주의는 표면적 외관과 숨겨진 깊이 사이의 구별에 의존하는 경향이 있는데, 이는 포스트모더니즘이 거부하는 모델이다. 포스트모더니즘의 관점에서 깊이는 사기를 치는 형이상학적인 아이디어가 싹트게 될 수 있는 곳이다. 사실주의 서사는 시간보다는 공간을 선호하고 진보에 대한 깊은 회의감을 갖고 있으며 포스트모더니즘의 감각으로 너무 선형적이다. 과거는 현재가 약탈할 스타일과 모드의 레퍼토리로 전환되고, 변화된 미래에 대한 희망은 헛된 비전이 된다. 미래는 현재와 매우 비슷할 것이다. 단지 더 매력적인 옵션들이 배열될 뿐이다.

그럼에도 불구하고, 문학적 사실주의는 마치 이런 불리한 조건을 인식하지 못한 것처럼 계속 살아 있다. 사실, 문학적 사실주의는 삶에 진실하지 않다고 생각하는 이미지에 대해 인내심이 거의 없는 수백만 명의 사람들의 주요 문학 식단으로 남아 있다. 이런 의미에서 포스트모던 문화는 결코 전면적인 사건이 아니다. 우리 자신에 대한 끊임없는 호기심을 고려할 때, 사실주의는 아마도 역사상 가장 끈질긴 예술 형식일 것이다. 아방가르드주의자들이 끊임없이 훈계하는 것처럼, 거울에 비친 우리 자신의 얼굴을 보려는, 보기 흉한 열망은 쉽게 나르시시즘의 병리로 빠져들 수 있다는 것은 사실이다. 그러나 문제가 되는 것은 우리 자신의 얼굴만이 아니다. 테러와 대량 학살, 전쟁, 질병, 빈곤, 대규모 이주, 점진적인 자연의 죽음으로 뒤덮인 헤아릴 수 없을 정도로 복잡한 세상에서 우리에게 가장 시급한 요구 중 하나는 앞으로 일어날 일의 전체적인 모습을 파악하는 것이다. 픽션·다큐멘터리·보도 등 사실주의의 임무 중 하나는 우리에게 '인지 지도'를 제공하고 대부분의 다른 형태의 글로벌 지식보다 더 즐겁게 이를 수행하는 것이다.

미 주

I. 사실 직시하기

1. Aristotle, *Rhetoric* (New York, 2010), p. 50.

2. Benoit Peeters, Derrida: *A Biography* (Cambridge, 2012), p. 197 참조.

3. Harry Levin, *The Gates of Horn* (New York, 1966), p. 40 인용.

4. Gianni Vattimo, *Beyond Interpretation* (Cambridge, 1997) and *Nihilism and Emancipation* (New York, 2004) 참조.

5. Sabina Lovibond, *Reason and Imagination in Ethics* (Oxford, 1983), p. 9.

6. Charles Taylor, *The Ethics of Authenticity* (Cambridge, MA, 2018), p. 37.

7. Justus Buchler (ed.), *Philosophical Writings of Peirce* (New York, 1955), p. 79.

8. Richard Rorty, *Consequences of Pragmatism* (Minneapolis, MN, 1982), p. 166.

9. Hilary Putnam, Reason, *Truth and History* (Cambridge, 1981), p. 119.

10. Simon Blackburn, *Truth: A Guide for the Perplexed* (London, 2005), p. xviii.

11. Kwame Anthony Appiah, *The Ethics of Identity* (Princeton, NJ, 2005), p. 248.

12. Malcolm Bull, *Things Hidden* (London, 1999), pp. 49-50.

13. Donald Davidson, 'On the Very Idea of a Conceptual Scheme', in *Inquiries into Truth and Interpretation* (Oxford, 1984) 참조.

14. 이 사례는 폴 오그레이디의 매우 명료하고 간결한 연구서 《상대주의 *Relativism*》(Chesham, 2002)에서 (상대주의에 대해 여기저기서 약간 양보를 하며) 논의된다.

15. Thomas Nagel, *The View from Nowhere* (New York, 1986), p. 144 참조.

16. Christopher Norris, 'Realism and Anti-Realism in Contemporary Phi losophy', in Matthew Beaumont (ed.), *Adventures in Realism* (Oxford, 2007), p. 242. 또한 Roy Bhaskar, *Scientific Realism and Human Emancipation* (London, 1986) 참조. 사실주의에 대해 특히 좋은 논의는 Cora Diamond, *The Realistic Spirit* (Cambridge, MA, 1991), 1장 참조.

17. O'Grady, Relativism, p. 57.

18. Blackburn, Truth, p. 176 참조.

19. 반사실주의자의 경우는 Richard Rorty, *Philosophy and the Mirror of Nature* (Oxford, 1980), *Objectivity, Relativism and Truth* (Cambridge, 1991)와 *Contingency, Irony and Solidarity* (Cambridge, 1992) 참조. 여기서 반사실주의보다 사실주의 사례에 더 많은 지면을 할애한 이유는, 부분적으로 후자가 오늘날 문화계에서 대략적이나마 흔히 볼 수 있는 반면, 전자는 방송 횟수가 더 적었기 때문이다.

20. 규범주의에 대한 고전적인 설명은 R.M. Hare, *The Language of Morals* (Oxford, 1952)와 *Moral Thinking* (Oxford, 1981), 특히 4장에 보인다.

21. Roger Scruton, *Modern Philosophy: A Survey* (London, 1994), pp. 279-80.

22. Stephen Mulhall, *Stanley Cavell: Philosophy's Recounting of the Ordinary* (Oxford, 2006), p. 80.

23. Lovibond, *Reason and Imagination in Ethics*, p. 1.

24. Alasdair MacIntyre, *After Virtue* (London, 1982), p. 57.

25. Friedrich Engels, 'On Socialist Realism', in George J. Becker (ed.), *Documents of Modern Literary Realism* (Princeton, NJ, 1963) p. 485 참조.

26. Iris Murdoch, *The Sovereignty of Good* (London and New York, 2006), p. 37.

27. 같은 책, p. 39.

28. 같은 책, p. 85.

29. 같은 책.

30. Rodney Livingstone, 'Introduction', in György Lukács, *Essays on Realism* (London, 1980), p. 21.

II. 사실주의란 무엇인가? (1)

1. M.A.R. Habib, *A History of Literary Criticism* (Oxford, 2005), p. 471.

2. George Eliot, review of John Ruskin's *Modern Painters*, in *Westminster Review* no. lxv (April, 1856), p. 626.

3. Ian Watt, *The Rise of the Novel* (Harmondsworth, 1972). 문학적 사실주의에 대한 다른 고전적인 논평은 René Wellek, 'The Concept of Realism in Literary Scholarship', in Stephen J. Nichols Jr (ed.),

Concepts of Criticism (New Haven and London, 1963) 참조.

4. Watt, *The Rise of the Novel*, p. 11.

5. 같은 책, p. 32.

6. W.J.B. Owen and Jane Worthington Smyser (eds), *The Prose Works of William Wordsworth* (Oxford, 1974), vol. 1, p. 123.

7. André Breton, 'The First Manifesto of Surrealism', in J.H. Matthews (ed.), *Surrealism and the Novel* (Ann Arbor, MI, 1966), p. 1.

8. T.S. Eliot, 'Four Elizabethan Dramatists', in *T.S. Eliot: Selected Essays* (London, 1963), p. 111.

9. Levin, *The Gates of Horn*, p. 38.

10. Fredric Jameson, *Signatures of the Visible* (New York and London, 1992), p. 166 참조.

11. Karl Marx, 'Manifesto of the Communist Party', in *Marx and Engels: Selected Works* (London, 1968), p. 38.

12. 같은 책.

13. Jameson, *Signatures of the Visible*, p. 158 참조.

14. Horace, *The Art of Poetry* (New York, 1974), p. 318.

15. Roman Jakobson, 'On Realism in Art', in *Language in Literature* (Cambridge, MA, and London, 1987), p. 20. 사실주의 전반에 대해 가치 있고 광범위한 조사는 Pam Morris, *Realism* (London, 2003) 참조.

16. 이 에세이는 Rachel Bowlby (ed.), *The Crowded Dance of Modern Life* (Harmondsworth, 1993)에 보인다.

17. 프로이트는 이 문제들을 *Beyond the Pleasure Principle* (Standard Edition of the Works of Sigmund Freud, London, 1955, vol. 18)과 *The Ego and the Id* (Standard Edition, London, 1961, vol. 19)에서 논한다.

18. 아마도 이 주제에 대한 가장 훌륭한 철학적 연구는 Kendall L. Walton, *Mimesis as Make-Believe* (Cambridge, MA, 1990) 참조.

19. Jameson, *Signatures of the Visible*, p. 166.

20. 'Maupassant on Realism as "Illusionism"', in Lilian Furst (ed.), *Realism* (London and New York, 1992), p. 46.

21. Henry James, 'The Future of the Novel', in *Henry James: Selected Literary Fiction* (Harmondsworth, 1963), p. 227.

22. John Lyon (ed.), *Henry James: Selected Tales* (London, 2001).

23. 같은 책, p. 209.

24. 같은 책, p. 218.

25. 같은 책, p. 215.

26. 같은 책, p. 214.

27. 같은 책, p. 223.

28. Pierre Macherey, *A Theory of Literary Production* (London, 2006), p. 128 참조.

29. Ernst Gombrich, *Art and Illusion* (London, 1992), p. 56.

30. Northrop Frye, *Anatomy of Criticism* (Princeton, NJ, 1957), p. 132. 31. Ibid., p. 75.

32. Rachel Bowlby, 'Foreword', in Beaumont (ed.), *Adventures in Realism*, p. xvii.

33. 같은 책, p. 59.

34. Frye, *Anatomy of Criticism*, p. 136.

35. Catherine Belsey, *Critical Practice* (London, 1980), 특히 4장 참조. 벨시의 사례에 대한 통찰력 있는 비판은 Penny Boumelha, 'Realism and Feminism', in Furst (ed.), *Realism* 참조. 또한 벨시가 분명히 신세를 지고 있다는 주장에 대해서는 Colin MacCabe, 'Realism and the Cinema', *Screen* (Summer, 1974) 참조.

36. Roland Barthes, *Mythologies* (London, 1972), p. 199.

37. Roland Barthes, *Writing Degree Zero* (New York, 1967), pp. 67–8.

38. Friedrich Nietzsche, *The Gay Science* (New York and Toronto, 1974), para. 355.

39. Thomas Hobbes, *Leviathian* (Cambridge, 2010), p. 175.

40. Fredric Jameson, *The Ideologies of Theory* (London, 2009), p. 420.

41. Fredric Jameson, *The Antinomies of Realism* (London, 2013), pp. 215 and 5.

42. John Brenkman, 'Innovation: Notes on Nihilism and the Aesthetics of the Novel', in Franco Moretti (ed.), *The Novel*, vol. 2: *Forms and Themes* (Princeton, NJ, and Oxford, 2006), p. 811 참조.

43. Franco Moretti, *The Way of the World* (London, 1987), pp. 52 and 54.

III. 사실주의란 무엇인가? (2)

1. Matthew Beaumont, 'Introduction: Reclaiming Realism', in Beaumont (ed.), *Adventures in Realism*, p. 4.

2. Henry James, 'The Art of Fiction', in Morris Shapira (ed.), *Henry James: Selected Literary Criticism* (Harmondsworth, 1963), p. 80.

3. Northrop Frye, *Fables of Identity: Studies in Poetic Mythology* (New York, 1963), p. 36.

4. Jameson, *The Ideologies of Theory*, p. 420.

5. Levin, *The Gates of Horn*, p. 24.

6. See Jameson, *The Ideologies of Theory*, p. 422 ff.

7. 같은 책, p. 422.

8. Raymond Williams, *The English Novel from Dickens to Lawrence* (London, 1970), p. 116.

9. Raymond Williams, *The Long Revolution* (Westport, CT, 1961), p. 287.

10. Roland Barthes, 'The Reality Effect', in *The Rustle of Language* (New York, 1986), p. 143 참조.

IV. 사실주의의 정치학

1. M.H. Carré, *Realists and Nominalists* (Oxford, 1946), and D.M. Armstrong, *Universals and Scientific Realism*, vol. 1: *Nominalism and Realism* (Cambridge, 1978) 참조.

2. Charles Taylor, *A Secular Age* (Cambridge, MA, and London, 2007), p. 94.

3. C.B. MacPherson, *The Political Theory of Possessive Individualism* (Oxford, 1962) 참조.

4. Terry Eagleton, *The Ideology of the Aesthetic* (Oxford, 1990), 1장 참조.

5. Michael Polanyi, *The Tacit Dimension* (Chicago, IL, 1966), p. 19. 또한 Maurice Merleau-Ponty, *The Phenomenology of Perception* (London, 1962), pp. 4-5 참조.

6. 이 문제에 관한 존슨의 논평 일부는 W.J. Bate (ed.), *Samuel Johnson: Essays from the Rambler, Adventurer, and Idler* (New Haven, CT, and London, 1968)에 보인다.

7. Jameson, *The Ideologies of Theory*, p. 437.

8. György Lukács, *Studies in European Realism* (London, 1972), p. 194.

9. György Lukács, *The Meaning of Contemporary Realism* (London, 2006), p. 68.

10. Lukács, *Essays on Realism*, p. 130.

11. Ferenc Fehér, 'Lukács in Weimar', in Agnes Heller (ed.), *Lukács Revalued* (Oxford, 1983), p. 96 참조.

12. George Bisztray, *Marxist Models of Literary Realism* (New York,

1978), p. 112 인용.

13. *Soviet Writers' Congress*, 1934 (London, 1977), p. 7. 소비에트 미학
에 대한 유용한 연구는 Herman Ermolaev, *Soviet Literary Theories
1917–1943* (New York, 1977); Brandon Taylor, *Art and Literature
under the Bolsheviks*, 2 vols (London, 1991 & 1992); and Boris
Groys, *The Total Art of Stalinism* (New Haven, CT, and London,
1992) 참조.

14. Bisztray, p. 115 인용.

15. *Soviet Writers' Congress*, 1934, p. 135.

16. 같은 책, p. 150.

17. 같은 책, p. 124.

18. 같은 책, p. 248.

19. 같은 책, p. 89.

20. Becker (ed.), *Documents of Modern Literary Realism*, p. 197 인용.

21. Raymond Williams, *Keywords* (Oxford, 2015), p. 199 인용.

22. Becker (ed.), *Documents of Modern Literary Realism*, p. 207 인용.

23. Lukács, *Studies in European Realism*, p. 149.

24. Lilian R. Furst and Peter N. Skrine, *Naturalism* (London, 1971),
p. 47 참조.

25. 자연주의 예술에 대한 루카치의 적대감을 맛보려면, Lukács, *Essays
on Realism*에서 에세이 'Reportage or Portrayal?'과 *Studies in Euro-
pean Realism*에서 에밀 졸라에 대한 에세이 참조.

26. Émile Zola, 'The Experimental Novel', in Becker (ed.), *Docu-
ments of Modern Literary Realism*, p. 171.

27. Erich Auerbach, *Mimesis: The Representation of Reality in West-
ern Literature* (Princeton, NJ, 2003), p. 490.

28. Levin, *The Gates of Horn*, p. 71 인용.

29. Jacques Rancière, *The Politics of Literature* (Cambridge, 2011),

p. 8.

30. William Dean Howells, 'Criticism and Fiction', in Donald Pizer and Christopher K. Lohmann (eds), *W.D. Howells: Selected Literary Criticism*, vol. 2: *1869–1886* (Bloomington and Indianapolis, IN, 1993), pp. 302–3.

31. Theodor Adorno, *The Culture Industry* (London, 2001), p. 182.

32. Williams, *Keywords*, p. 163 인용.

33. Sally Ledger, 'Naturalism: "Dirt and Horror Pure and Simple"', in Beaumont (ed.), *Adventures in Realism*, p. 77.

34. Becker (ed.), *Documents of Modern Literary Realism*, p. 238 참조.

35. "19세기의 사실주의에 대한 혐오는 칼리반이 거울에 비친 자기 얼굴을 보고서 분노하는 것과 같다. 19세기의 낭만주의에 대한 혐오는 칼리반이 거울에 비친 자기 얼굴을 보지 못해서 분노하는 것과 같다." : Preface, *The Picture of Dorian Gray*, in Terry Eagleton (ed.), *Oscar Wilde: Plays, Prose Writings and Poems* (London, 1991), p. 69.

36. Marcel Proust, *Remembrance of Things Past*, vol. 2 (New York, 1932), p. 1009.

37. Linda Dowling (ed.), *Oscar Wilde: The Soul of Man under Socialism and Selected Critical Prose* (London, 2001), p. 167.

38. 같은 책, p. 184.

39. 같은 책, p. 187.

40. 같은 책, p. 191.

41. Ernst Bloch et al., *Aesthetics and Politics* (London, 1977), p. 47.

42. 같은 책, p. 76.

43. 같은 책, p. 81.

44. 같은 책, p. 77.

45. 같은 책, p. 66.

46. 같은 책, p. 81.

47. Lilian Furst (ed.), *Realism*, p. 34 인용.

48. George Bisztray, *Marxist Models of Literary Realism* (New York, 1978), p. 174 인용.

49. Levin, *The Gates of Horn*, p. 83.

50. Briony Fer, David Batchelor and Paul Wood, *Realism, Rationalism, Surrealism* (New Haven, CT, and London, 1993), p. 254 참조.

51. Lois Boe Hyslop and Francis E. Hyslop (eds), *Baudelaire as a Literary Critic: Selected Essays* (University Park, PA, 1964), pp. 87-8.

V. 사실주의와 보통의 삶

1. Moretti, *The Way of the World*, p. 11.

2. Mikhail Bakhtin, *The Dialogical Imagination: Four Essays*, ed. Michael Holquist (Austin, TX, 1981), p. 259.

3. Charles Taylor, *Sources of the Self* (Cambridge, 1994), p. 211.

4. 같은 책, p. 213.

5. Auerbach, *Mimesis*, p. 22. 이 작품에 대한 추가 참고 문헌은 인용문 뒤의 괄호 안을 보라. 아우어바흐의 생애와 작품에 대한 귀중한 조사는 Geoffrey Green, *Literary Criticism and the Structures of History* (Lincoln, NE, 1982), Part 1 참조.

6. Edward Said, 'Introduction', in Auerbach, *Mimesis*, p. 5.

7. Shapira (ed.), *Henry James*, pp. 86-7.

8. Habib, *History of Literary Criticism*, p. 474 인용.

9. 평범한 삶을 진지하게 받아들이는 것에 대해서는 Stanley Cavell, *In Quest of the Ordinary* (Chicago, IL, and London, 1988) 참조.

마르크스주의자 테리 이글턴,
사실주의를 옹호하다

1

이 책의 원제는 *The Real Thing: Reflection on a Literary Form*(더 리얼 씽: 문학 형식에 대한 성찰)으로 테리 이글턴의 최신작이다. 원서가 2024년 2월 말에 발행되었고, 이 책은 그 초판을 번역한 것이다. 이글턴은 영국의 문학 이론가, 비평가, 대중 지식인이며, 랭커스터 대학교의 영문학 석좌교수로 재직 중이다. 50여 권에 이르는 그의 저서는 문학 이론, 문화 연구, 정치 이론, 종교 비판 등 다양한 분야를 넘나든다. 국내에는 현재 30여 권(《마르크스가 옳았던 이유》 근간 포함)이 번역되어 있다.

테리 이글턴은 노던 잉글랜드 샐포드Salford에서 태어났고 노동계급 출신으로 가톨릭교도이다. 오늘날 그는 영국에서 가장 영향력 있는 문학 비평가 및 문학 이론가 중의 한 명으로 여겨지고 있으며 심지어는 샐포드에 그의 이름을 딴 정신병동Eagleton Ward마저 있을 정도이니 영국인들이 그를 얼마나 자랑스러워하는지 알 만하다. 케임브리지 대학에서 공부했고 옥스퍼드 대학의 에드워드 워튼 영문학 교수직을 비롯, 맨체스터 대학, 랭커스터 대학 등의 권위 있는 교수직을 두루 거쳤다. 오늘날 학문 영역에서 독보적인 존재로 우뚝 서 있는 그이지만 처음부터 동료들로부터 환영받았던 것은 아니다. 마르크스주의 관점과 권력 구조에 대한 비판으로 옥스퍼드의 벽 안에서 학문 동료들과 대립하곤 했던 것이다.

그는 독자적인 길을 걸으며 자신의 영역을 개척했고 오늘날에 이르렀다. 1970년대와 1980년대에 영미 학계에서 비평 이론이 부상하면서 그의 영향력이 확대되었다. 특히 《문학 이론 입문》(1983)은 유명한 저서로 그를 널리 알린 계기가 되었는데, 《문학 이론 입문》의 소개편에 실린 내용의 일부가 확장, 이 책이 되었다고 보아도 될 법하다. 물론 문장 그대로는 아니지만, 사실과 허구를 논한 문단은 마치 이 책이 그 문단으로부터 확장되어 나온 듯한 느낌을 준다. 그는 노동계급의 자손답게 처음에는 마르크스주의의 신흥 흐름을 중재하는

데 초점을 맞추었으며, 1980년대에는 포스트-구조주의post-structuralism와 좌익적 관점에서 자크 데리다Jacques Derrida와 예일 평론가들Yale critics과 같은 인물들을 비판하면서 그들의 작업 일부를 마르크스주의적 접근으로 활용하는 방법을 개발했다.

즉 이글턴은 그의 학문 성향으로 인해 마르크스주의자로 여겨지고 있는 한편, 가톨릭교도로 다양한 학문 영역을 넘나든다. 그런 테리 이글턴이 이번에는 그의 전공인 문학 이론으로 돌아왔다. 그것도 소설이라는 장르를 만들어 낸 사실주의를 논하고 있으니 근본 중의 근본으로 돌아왔다고 볼 수 있다. 이미 80대에 접어든 테리 이글턴이므로 그가 앞으로 얼마나 많은 책을 쓸지는 알 수 없다. 그가 앞으로 쓸 책은 죽음에 관한 책이라고 농담하는 것으로 보아 그 자신도 책을 많이 쓸 것 같지는 않다고 여기는 듯하다. 한편으로 80대이지만 그의 필력은 여전히 날카로우면서도 경쾌하다. 어쩌면 지금까지 문학의 세계를 포함, 각종 영역을 자유로이 넘나들었다면 이제는 문학 이론을 다룸으로써 본연으로 돌아가는 듯한 느낌마저 준다.

원서의 추천사에 적힌 그대로, 이글턴은 사실주의에 대해 어쩌면 마지막 깨달음의 여행을 한 것이다. 그 여정 속에서 비로소 그는 이른바 '황금의 리얼리즘'을 건져 올렸다.

이 책은 한마디로 말해서 사실주의에 대한 옹호라고 보아도 좋다. 사실주의는 18세기에 중간계급의 부상과 더불어 태어나 19세기에 절정을 이룬, 오래전의 사조로서 이미 낡았다고 여기는 이론이다. 현재 우리가 살고 있는 다양성을 논하는 포스트모던 시대에 왜 이 케케묵은 사실주의를 들고 나왔을까가 당연히 의아해진다. 포스트모던 시대와 사실주의는 어떤 연관이 있을까.

책 머리에서 이글턴은 사실주의와 포스트모던을 대조시켜 이 책을 쓴 이유부터 짚어 나간다. 사실주의는 사물을 있는 그대로의 모습으로 보고자 추구하는 것이지만, 포스트모던주의자들에게는 사물이 어떻게 되어 있는지 아는 특별한 방법이 없다는 것이다. 사물을 있는 그대로의 모습으로 본다는 것은 진실과 통한다. 그러므로 사실주의에는 진실을 보는 일단의 방법이 있기는 하지만, 포스트모던에는 아예 그 방법조차 없다는 것이다.

그 점을 말하기 위해 책은 사실주의가 진실을 직면하는 것이라고 말한다. 진실이란 무엇인지를 논하고 이어 사실주의의 정체성을 확인하는 작업에서 시작해 사실주의의 정치학에 이르고 마침내 사실주의와 보통의 삶, 즉 평범한 삶이 어떻게 연관되는가를 논한다. 특히 마지막 부분에 이르면 오늘날의 포스트모던에 대해 거의 공격이라 할 만한 어조가 느껴진다. 그는 포스트모던 문화가 부분에 지나지 않음을 지적하면서 사실주의가 우리에게 앞으로 일어날 일의 전체적인 모습을 파악할 수 있는 '인지 지도'를 제공한다는 것을 강조한다. 그는 포스트모더니스트의 진실을 이야기한다. 그들에게 진실이란 세상을 어떻게 조직해 우리의 필요를 충족시키고 이익을 증진하느냐의 문제다. 세상은 발견된 것이 아니라 제조된 것이기 때문이다. 따라서 포스트모더니스트의 관점에서는 사실주의에서 말하는, 사물이 그 자체로 어떻게 존재하는지에 대한 근거가 없다. 두말할 나위 없이 사실주의 옹호다.

우선 그는 사실의 개념에서부터 시작한다. getting real, '사실 직시하기'는 달리 말해서 현실에서 사실이 될 수 있는 것은 무엇 때문인가를 논한다. 사실이라고 말하는 것은 공감과 체념, 합리성을 전제로 하는 것으로, 문학 이론인 사실주의는 등장인물의 복잡한 내면생활을 묘사하거나 초점을 확대하여 그들의 경험을 맥락에 맞게 설정한다. 그렇게 해서 다른 예술 형식으로서는 불가능한 일, 독자의 동정심을 불러일으킬 수 있다. 한편으로 체념을 의미한다고 하며 그것은 사실이 우리가 원하는 것을 이루는 것이 아니기 때문이다. 즉 사실이란 공감을 불러일으키는 것, 합리적인 것들이지만,

그러나 사실은 해석에 따라 달라진다고 말한다.

이처럼 사실에 대한 사고방식이 각각 다르다는 점을 열거한 다음. 그는 사실이 여러 가지도 보일 수 있음을 이야기한다. 누군가는 자신이 사실을 이야기하고 있다고 믿고 말하지만 그것은 다른 사실 중에 한 버전일 뿐이라는 것이다. 예를 들면 세상에는 심각한 소득 불평등이 존재하고 아프리카인 노예가 존재했음에도 불구하고 그것을 왜곡하려 드는 이론은 깊이 의심받아야 한다는 것이다. 한편으로 여성에 대한 불평등 역시 인용을 두려워하는 사상가들이 있는데, 이들 역시 동일하다. 즉 우리의 설명 형식은 사물의 존재 방식에 의해 제한되며, 우리는 우리가 원하는 방식으로 사실을 '구성'할 자유가 없다. 그럼에도 다행인 것은 문학적 사실주의에서는 반드시 도덕적이거나 인지론적인 사실주의자일 필요는 없다는 것이다. 즉, 순수한 환상 예술을 생산할 수 있고, 혹은 아주 사실주의적인 소설을 생각해 내면서 사물의 본질을 결정하는 사람은 바로 우리라고 주장할 수도 있다.

3

이처럼 사실주의가 어떻게 이뤄졌는지를 직시하고 난 다음 비로소 본론을 시작한다. 즉 사실주의란 무엇인가라는 제목

아래 두 장에 걸쳐 사실주의에 관한 이론을 전개하는데 여기에는 사실주의의 기원에서부터 역사부터 사실주의가 현실에 끼친 영향 등을 다룬다. 한편으로 사실주의에 대한 다양한 인식을 다룬다. 버지니아 울프는 자신의 작품이 기계적이고 표면적인 것으로 간주되는 아널드 베넷Arnold Bennett, H.G. 웰스Wells, 존 갈스워시John Galsworthy와 같은 사실적이고 평범한 작가들의 작품보다 더 사실적이라고 생각한다. 즉 울프가 말하는 사실은 본질적으로 심리적인 반면, 마르셀 프루스트의 사실은 주관적 인상이 기준이다. 이처럼 사실은 심리적 사실이기도 하고 주관적 사실이기도 하다. 이것은 앞서서 논한 합리적이거나 객관적 사실과는 다르다.

이글턴은 정신분석을 통한 사실도 있음을 놓치지 않는다. 셰익스피어의 《오델로》를 예로 들은 이 사실에 이르면 이미 환상의 영역으로 들어서기 때문에 상당한 어려움을 느끼게 되지만 사실은 사실이다. 그것은 정신분석이 진실을 '무의식'이라 불리는 일상적인 존재와는 거리가 먼 비현실적인 장소에 위치시키기 때문이다. 그렇기에 저자는 우리는 바닷속에서 물고기가 헤엄치는 것처럼 관습적인 세계에 살지만, 실제로 그곳은 우리의 영역이 아니라고 말한다.

헨리 제임스의 단편소설인 〈더 리얼 씽〉은 아마도 이 글의 핵심을 이루지 않을까 한다. 진짜 귀족이 진정한 귀족임에도 불구하고 귀족다움을 연상시키지 못해 화가로부터 해고 당했으며 오히려 평민 출신인 미스 촘이 더 귀족다운 모습을 보인다는 내용인데, 이 단편의 내용은 저자가 말하는 사실을 한마디로 함축하고 있다. 진짜는 사실과 그럴듯한 허구가 결합되어야 한다는 것이다. 이 부분에서 우리는 잠시 멈칫하게 된다. 환상의 혼합 없이는 사실주의가 있을 수 없고, 진실은 단순히 사실에 대한 충실성의 문제가 아니라 현실에 내재된 질서를 드러내는 것이라는 주장에 잠시 생각해 보게 되는 것이다. 질서란 인간이 인지하는 가치관이기도 하고 도덕이기도 하다. 그래서 그는 인지적 사실주의와 도덕적 사실주의를 자연스럽게 불러온다.

여기까지 작가와 관련지어 사실주의를 해명한 다음, 독자에게 관심을 돌린다. 독자는 사실주의 소설을 읽으면서 일종의 암묵적인 전제에 동의해야 하는데, 여기에는 복잡한 문학 규범 집합이 자동으로 작동한다. 그러한 암묵적인 지시 사항이 없다면 소설은 그 자체로는 관심을 끌지 못하는 어떤 기술의 산물이라는 것이다.

두 번째 사실주의란 무엇인가는 사실주의의 소설이 얼마나 범위가 넓은지에 관한 이야기다. 사실주의 소설은 역사상 가장 잡식적인 장르로 손으로 잡을 수 있는 거의 모든 종류의 인쇄물을 흡수한다고 표현하는데, 사실주의 소설은 실용주의적인 중간계급의 필요에 부응하는 문학 형식이다. 중간계급은 귀족들을 위한 문학 형식인 로망스에도 서사시에도 신화에도 흥미가 없었다. 철저히 실용적인 그들은 자신들의 주변에서 일어나는 이야기를 원했다. 그들은 자신과 재산·결혼·상속 등에 관심이 있었다. 따라서 사실주의는 중간계급의 문화 혁명에서 중요한 역할을 하며 새로운 종류의 자립적이고 자기 결정적인 인간 주체를 만들어 내는 데 기여한다.

종교인 개신교 또한 사실주의에 한몫을 한다. 개신교 윤리는 이전과는 달리 좋은 삶의 중심을 '삶' 자체에 두면서, 일의 영역, 가정생활, 물질적 획득을 중시한다고 말한다. 노동은 이전과는 달리 존엄성을 부여받고 결혼한 사랑은 성적인 탈선과 낭만적인 불화보다 더 높이 평가된다. 이제 자기 충족적인 인간 생활은 한편으로는 노동과 생산의 측면에서, 다른 한편으로는 결혼과 가정생활로 정의된다. 그로 인해 사실주의 소설은 합리적, 즉 일상적이고 탈마술적이고 탈신성화되고 상식적이 되었다.

한편으로 사실주의는 우연성과 필요성을 조화시키려고 노력한다. 실제 생활은 무작위적인 사건으로 가득 차 있지만, 사실주의 소설에서 어떤 사항이 아무런 의미 없이 등장하지 않는다는 것을 알고 있고 또한 그렇게 기대한다. 사실주의적 글쓰기에서는 우연이 계속해서 필연성으로 바뀌고 있다. 우연하게 시작된 일이 결국에는 선택 불가능한 일로 끝날 수도 있다. 사실주의 작품은 상황을 마음대로 설정하지만 그 제약에 얽매이게 된다. 그런가 하면 사실주의의 기준은 문화마다 다르다.

4

이처럼 사실주의의 가치관과 논리, 그리고 그 형성과 의의에 기여한 수많은 논리, 혹은 법칙에 대해 논하기 위해 이글턴은 영국문학에서 사실주의가 부상한 그 뿌리부터 논한다. 그 과정에서 수많은 사실주의 소설가들이 등장한다. 물론 많은 이들에게 익숙하지 않은 소설가들과 소설들이다. 사실주의의 거장이라 불리는 디킨스는 물론 익숙하고 로렌스와 아이리스 머독은 많이 알려진 작가다. 그러나 조지 엘리엇, 엘리자베스 개스켈, 클라라 리브 등은 전공자 외에게는 낯설고 생소하다. 그들이 지은 책들의 이름은 더욱 낯설고 이들의 작품이 어떤 기여를 했는지를 논하면 실감이 한결 떨어진다. 예를 들어 엘리자베스 개스켈의 《북과 남》에 나오는 장면에 이르면 더욱 생소해진다. 따라서 번역자는 그런 이들을 위해 소설가와 그들이 쓴 소설에 대해 간단한 설명을 추가했다.

물론 소설가만 생소한 것이 아닐 것이다. 다양한 장르의 다양한 전문가들이 글을 읽어 나갈수록 여기저기서 튀어나온다. 모르는 단어나 이름에 사로잡혀 머뭇거릴 필요는 없다. 이글턴은 자신의 사실주의에 관한 생각을 펼쳐 내기 위해 그들의 이론이 필요했고, 우리는 이글턴 덕분에 궁금하되 알지 못했던 혹은 미처 연결고리를 깨닫지 못했던 미지의 영역을 자유로이 넘나드는 호사를 누리는 것이니까. 그가 아니면 누가 하는 생각도 떠오르게 된다.

방대한 사실주의의 영역은 조금 전에 언급한 19세기와 서양만이 아니다. 그는 여러 평론가, 특히 에리히 아우어바흐를 빌어와 사실주의가 역사의 어느 시점에 느닷없이 나타난 것이 아니라 사실은 시간·공간의 제약 없이 보편적이라고 말한다. 어느 시점, 어느 공간에서나 찾아볼 수 있다는 것이다. 말하자면 사실주의는 세계 자체가 표현되기를 원하는 방식이며, 세계의 가장 깊은 구조를 표현하는 예술이라고 극찬한다. 어쩌면 이것이 사실주의가 오늘날까지 살아남은 이유이고 앞으로도 살아남을 이유가 아닐까. 그렇기에 이글턴은 사실의 개념에서부터 가치관·철학·인지학·도덕·심리학·정신분석학을 필요로 했고 그러한 것들을 표현해 낸 사실주의 소설 궤적을 따라갔던 것이다.

영어 'real'은 쉬운 단어이지만 쉽지 않다. 리얼은 현실이기도 하고 사실이기도 하고 진실이기도 하고 실제이기도 하며 실재이기도 하다. 따라서 경우에 따라 달리 옮겼다. 또한 독자의 편의를 위해 등장하는 다양한 이름 뒤에 원어를 표기했다. 번역하는 동안 저자의 방대한 지식을 따라가기 위해 공부앓이를 했다. 수없이 등장하는 인물들이 누구인지 알기 위해 다양하게 검색했고 낯선 인물의 발음을 알기 위해 발음 사이트에서 체크했다. 다행인 것은 번역자가 영문학 전공으로 관련 과목을 가르쳐 왔고, 《문학의 역사》를 번역한 적이 있다는 점이다. 그럼에도 불구하고 번역자의 지식이 미비하고 필력이 부족하여 저자의 유려하고 경쾌한 필치, 순식간에 정반대의 내용을 불러오는 이 놀라운 필체를 담아냈을지는 의문이다. 너그러운 양해를 바란다.

2024년 4월 5일
이강선

찾아보기

더 리얼 씽

2024년 4월 20일 초판 1쇄 인쇄
2024년 4월 25일 초판 1쇄 발행

지은이 테리 이글턴
옮긴이 이강선
펴낸이 류현석

펴낸곳 21세기문화원
등 록 2000.3.9 제2000-000018호
주 소 서울 성북구 북악산로1가길 10
전 화 923-8611
팩 스 923-8622
이메일 21_book@naver.com

ISBN 979-11-92533-13-1 03800

값 17,000원